O Vestido

OBRAS DO AUTOR

O Sol Nas Paredes, contos, edição independente, 1980; Pulsar, 2000, 3ª. edição.

Memórias da Sede, contos, Prêmio de Literatura Cidade de Belo Horizonte, Lemi, 1982, 1ª. edição.

A Dança dos Cabelos, romance, Prêmios Guimarães Rosa e Lei Sarney (autor revelação de 1987), Espaço e Tempo, 1987; Record, 2001, 10ª. edição.

Sombras de Julho, romance, Prêmio Quinta Bienal Nestlé de Literatura Brasileira 1990, Estação Liberdade, 1991; Atual/Saraiva, 2003, 14ª. edição

O Último Conhaque, romance, Record, 1995; Record; 2003, 4ª. edição.

Coração aos Pulos, contos, Prêmio Especial do Júri da União Brasileira de Escritores, em 2003, Record, 2001, 1ª. edição.

O Pescador de Latinhas, crônicas, Record, 2002, 2ª. edição.

Entre BH e Texas, crônicas, Record, 2004, 1ª. edição.

OBRAS ADAPTADAS PARA O CINEMA

"Estranhas Criaturas", em *Memórias da Sede*, foi transformado em filme por Aaron Feldman em meados da década de 80.

Sombras de Julho foi adaptado para a TV (minissérie da TV Cultura de São Paulo) e para o cinema por Marco Altberg, em 1995.

"Um brilho no Escuro", em *Coração aos Pulos*, foi adaptado para a TV (minissérie da TV Minas) por Breno Milagres, em 2004.

Carlos Herculano Lopes

O Vestido

romance

Copyright © 2004 by Carlos Herculano Lopes

6ª edição — 2023

Grafia atualizada segundo o Acordo Ortográfico da Língua Portuguesa
de 1990, que entrou em vigor no Brasil em 2009.

Editor e Publisher
Luiz Fernando Emediato

Diretora Editorial
Fernanda Emediato

Paratexto
Maria Antonieta Antunes Cunha

Capa e Projeto Gráfico
Alan Maia

Revisão
Márcia Benjamim

DADOS INTERNACIONAIS DE CATALOGAÇÃO NA PUBLICAÇÃO (CIP)
(Câmara Brasileira do Livro, SP, Brasil)

Lopes, Carlos Herculano
O Vestido : romance / Carlos Herculano Lopes.
-- São Paulo : Geração Jovem 2023

"Uma história de Carlos Herculano Lopes baseada no poema "Caso do Vestido", de Carlos Drummond de Andrade, para o ilme de Paulo Thiago"

ISBN 978-65-88439-03-6

1. Romance brasileiro I. Título

14-04056 CDD-869.93

Índices para catálogo sistemático

1. Romances : Literatura brasileira   869.93

LFE EDITORA, CONSULTORIA
E NEGOCIOS LTDA
Rua João Pereira, 81 I Conj. 22
São Paulo I SP I 05074-070

Impresso no Brasil
Printed in Brazil

*"... Aquilo que tu mais amas não será tirado de ti
Aquilo que tu mais amas é tua verdadeira herança."*

Ezra Pound

*Este livro é para os meus amigos
Gláucia e Paulo Thiago,
Adriana e Evandro Aguiar Ferreira,
e Luisa de Oliveira.*

Para Adrianne.

I

Minhas filhas, vocês dizem, *esse vestido, tanta renda, esse segredo*! Mas fiquem sabendo que a mulher que o usava, eu nem sei por onde anda, e se está morta ou viva, pois há muito não tenho notícias. Esse vestido, então, é apenas uma lembrança de sofrimentos passados, de coisas que hoje já estão a sete palmos enterradas, e, se às vezes voltam, em frias noites de insônia, são apenas sombras, e nada mais. Dela não guardo mais ódio, e nem sei se cheguei a tê-lo, já que a moça, a coitada, não passava de uma perdida, e em todo o seu ser, hoje eu vejo, só existia o sofrimento, daquela que apenas pensava em preencher seu vazio, mesmo que, para isso, em qualquer cabeça pisasse. Mas, se vocês insistem, e de tudo querem saber, eu vou então lhes contar, e da história desse vestido, aqui vocês vão se inteirar: Bárbara foi uma mulher que uma vez, no

início de um mês de setembro, apareceu por aqui. Veio trazida por Fausto, de quem era conhecida. E o vosso pai, no dia em que ela chegou, foi com ele, que era seu primo, buscá-la lá na estação, pois ainda havia o trem, que só depois eles tiraram. Ela era uma moça bonita, diferente; vestia saias ousadas, que quase não cobriam os joelhos; tinha uma boca jeitosa, bem talhada e carnuda, e também usava cabelos curtos, igual ao que eu, na época, só tinha muita vontade, mas não coragem de ter. Dizem que quando desceu do trem, de óculos escuros e, naquele dia, com uma calça bem justa, que mais realçava suas formas, todos os olhares se voltaram para ela, enquanto Fausto e vosso pai pegavam as suas malas. A sua simpatia, não há como negar, a todos contagiava, e sobre ela, que também era atriz, e até em jornais já havia saído, há muito Fausto vinha falando. Elogiava a sua beleza e os bons modos, além de outros atributos, que agora não vêm ao caso e que ela, no tempo certo, quando viu que estava na hora, soube usar com maestria. Mas dentro do carro, e depois de pedir a ela que falasse sobre Belo Horizonte e das coisas que estavam acontecendo por lá, Fausto também já convidava ao vosso pai para uma recepção que, à noite, em sua casa, ele e sua mãe iriam oferecer em homenagem à recém-
-chegada, que com um sorriso agradeceu, dizendo

que não merecia. Espero você e Ângela, Fausto ainda disse, quando o deixou aqui na porta da nossa casa, e o vosso pai, ao se despedir, ganhou um olhar daquela moça, que outra vez, como havia acontecido na estação, voltou a deixá-lo encabulado, fazendo-o passar a mão no bigode, como era seu costume, quando aflito se sentia. *Mas minhas filhas, escutai palavras de minha boca*, pois algumas horas depois, quando havíamos acabado de almoçar, o vosso pai, fazendo um certo mistério, mas se mostrando muito atencioso comigo, me levou até o nosso quarto, onde beijou o meu pescoço, a minha boca, e após acariciar também os meus cabelos, como até hoje gosta de fazer, abriu devagar a porta do guarda-roupa e tirou bem lá do fundo uma caixa de papelão redonda, que ali, e sem que eu soubesse, há muitos dias estava guardada. Um laço de fita branco a mantinha fechada. É um vestido pra você, meu amor, usar no baile de réveillon, falou baixinho ao meu ouvido, ao mesmo tempo em que pedia que eu o experimentasse, pois mandei que a sua tia Zilá caprichasse no figurino. Mas na hora em que abri a caixa e o vi, não sei por quê, eu senti uma coisa estranha, muito ruim, enquanto um leve tremor tomava conta do meu corpo. Era como se, naquele vestido, houvesse uma espécie de maldição, e algo de pecaminoso estivesse ali encerrado, embora ele não tivesse nada de mais. E, enquanto o vestia, esforçando-me para não desagradar ao vosso pai, de repente ele, sem mais nem menos, mudou a sua postura, e como se aquele não fosse um momento especial, começou a me falar de Fausto, com quem fora à estação buscar uma moça de Belo Horizonte, uma tal de Bárbara, para a qual, à noite, seria oferecida uma festa. Achei aquilo esquisito, e, quando acabei de colocar o vestido, e ia perguntar se havia gostado, se estava bem em mim, ele, comportando-se ainda de uma maneira diferente, já me dizia, sem ligar para o presente: nós vamos à festa de hoje à noite, e você passe o meu terno, enquanto eu, ainda em frente ao espelho, mirava-me naquele vestido, de colo mui devassado, sem conseguir disfarçar o tremor que havia se apossado de mim. Minhas filhas, vou lhes confessar uma coisa: o nosso casamento, há algum tempo, já não ia muito bem, por esses desgastes da vida, e naquela hora — parece que era aviso — eu senti uma fincada no peito, e, tirando depressa o vestido, ao vosso pai me abracei, beijei suas mãos e boca, apertei o seu corpo ao meu, e lhe pedi que não fôssemos à festa, porque ultimamente, meu amor, eu estou com muito medo, pois na semana passada, por duas ou três vezes, sonhei que você me trocava por uma mulher de longe.

2

Porém, naquela noite, mesmo a casa de Fausto sendo perto da nossa, vosso pai insistiu para que fôssemos de carro, embora eu tenha lhe pedido para irmos a pé, já que a lua estava muito bonita e eu queria apreciá-la. Quando chegamos, o próprio Fausto, acompanhado de sua mãe, veio à porta nos receber, fazendo questão de pegar a minha frasqueira e o paletó de vosso pai, que também lhe entregou o revólver, já que andar armado, naquela época, era costume comum por aqui, onde também se matava muito e, às vezes, pelos mais fúteis motivos. Mas em seguida a mãe de Fausto, dona Marisa, pegando-me pelo braço, nos chamou para irmos até a sala, onde já estavam Bárbara e alguns outros convidados, todos nossos conhecidos e com os quais, quase sempre, nos encontrávamos. Minhas filhas, quando olhei para aquela mulher, e os nossos olhos se cruzaram, por ela, no mesmo instante, eu senti uma coisa diferente, e não sei por quê, em uma visão repentina, a vi dentro daquele vestido, que horas antes eu experimentara, como se não para mim, mas para ela, ele houvesse sido feito. Bárbara usava uma saia vermelha e justa, muito colada ao corpo, que tinha as medidas perfeitas: não era alta nem baixa e, quando entramos na sala, ela estava fumando, coisa que por aqui, sem ser escondido, só as mulheres do cabaré faziam. Padre Olímpio, eu notei, a observava com rabo de olho, o mesmo acontecendo com seu Pequeno e tia Zilá, além de outros convidados, entre eles dona Helena e seu Neco, que ainda, por aqueles dias, não era inimigo declarado de Fausto que, algum tempo depois, iria mandar matá-lo. Mas quando este nos apresentou, Bárbara, deixando de lado o cigarro, que trazia em uma linda piteira vermelha, olhou-me dentro dos olhos, antes de estender-me a mão. E, com um largo sorriso, deu-me também um abraço apertado, como se há muito me conhecesse. Eu, naquela hora, confesso que fiquei perturbada, sem saber o que falar. Seja bem-vinda, foi só o que me veio à cabeça; porém ela, com a mesma graça, já se voltava para o vosso pai, que a cumprimentou desconcertado. Você tem uma bela mulher, ela lhe disse, antes de assentar-se, voltar a fumar e ir tratando, com desinibição, de nos introduzir na conversa, que versava sobre o doutor Cabral, por aqueles tempos já deputado e do qual ela dizia ter algumas reservas, embora a maioria das pessoas ali, com exceção de Fausto e doutor Astor, seu advogado, fossem seus correligionários. Além de ser muito bonita, Bárbara também falava com desenvoltura, dava atenção a todos, bebia com elegância e fazia questão de perguntar sobre a cidade, a sua história, os velhos casarões, as festas religiosas e ainda sobre os garimpos, que disse ter vontade de conhecer, já que tantas coisas eram contadas sobre eles. Falou também que, quando pequena, havia estado aqui em Serra Dourada, na companhia dos seus pais, que, por essas coisas da vida, não puderam mais voltar, embora sempre se lembrassem da cidade com muita saudade. Disse isso e, por uns breves momentos, abaixou a cabeça, como se fazer tal revelação fosse uma coisa dolorosa para ela. Porém, antes de começar a seresta, encomendada especialmente em sua homenagem, e a música invadir aquela casa ao som dos violões, dos cavaquinhos e dos clarinetes, o assunto versou sobre fazendas, e Bárbara aproveitou para dizer da sua intenção de conhecer uma, das mais antigas e típicas, cuja arquitetura, com seus toques barrocos, a deixava fascinada. Então Fausto, apontando para o vosso pai, disse, isto é com ele aí, o dono da casa mais bonita da região... Ao que este, um pouco sem graça, mesmo assim ainda sorriu e, dirigindo-se a ela, acrescentou, se for do vosso gosto, dona Bárbara, Ângela e eu teremos prazer em levá-la à nossa propriedade, que tem lá a sua beleza, embora não chegue nem aos pés do que nosso Fausto falou. E olhou para mim, como se buscasse aprovação, sem no entanto conseguir esconder a sua perturbação ante aquela mulher. Eu gostaria demais, ela então sorriu, mas me chamar de dona, por favor, pois acho que ainda não estou tão velha assim. E aceitou uma outra taça de vinho, enquanto pelas mãos de Ernesto, do cabo Paulo Mota e de alguns outros seresteiros, os melhores que existiam, as velhas canções começaram a ser executadas e todos paramos para ouvi-las — como se fosse a primeira vez.

3

As HORAS, naquela noite, passaram muito depressa, e pouco antes de uma da manhã, alguns convidados começaram a ir embora, já que no outro dia — me lembro que era uma quarta-feira — todos tinham de se levantar cedo. Seu Neco e dona Helena, que naqueles dias já começava a sentir tremura nas mãos, foram os primeiros a sair, antes mesmo de ser servido o licor. Mas em seguida Bárbara, como se lembrasse de alguma coisa muito importante, pediu licença, se ausentou por alguns minutos e, quando voltou à sala, já com uma blusa diferente, e usando um batom ainda mais vermelho, tinha nas mãos um pequeno objeto, que disse ser uma máquina filmadora trazida de sua última excursão com seu grupo de teatro a Paris, aonde — só muito tempo depois fiquei sabendo — ela nunca havia ido, como naquela noite, com detalhes e muito poder de convencimento, ela contou para nós, que a ouvíamos encantados. Seu Pequeno, que era fotógrafo, o único que existia na cidade, admirava, fascinado, aquela filmadora. Conheci uma assim, na Sete Lagoas, em uma das reuniões do nosso partido, disse. Ele era comunista, e tempos depois — e, por coincidência, no dia da volta do vosso pai — acabou sendo preso, e o levaram para Belo Horizonte, como aconteceu com alguns outros aqui. Bárbara, sorrindo, apontou a filmadora em sua direção, para, instantes depois, virar-se para nós, ao que o vosso pai, erguendo a taça, fez um brinde, e os outros o seguiram. Inclusive Souza e Osmarinho, os guarda-costas de Fausto, que passaram todo o tempo em silêncio, fumando ou então palitando os dentes, hábito que sempre detestei, mas, vindo de gente como aquela, eu não tinha por que me admirar. Porém, lá pelas duas horas, quando quase todos já haviam saído e nós também nos preparávamos para ir embora, Fausto ainda nos convidou para mais uma garrafa de vinho, da sua reserva pessoal, enquanto seu Pequeno, já tonto e fustigado por tia Zilá, que estava com um péssimo humor, tentava manejar a máquina, e Bárbara, voltando-se para um dos seresteiros, o cabo Paulo Mota, perguntou se ele sabia solar *Dor de Cotovelo*, cantando em seguida, sob os olhares atentos do vosso pai, já que aquela era uma das músicas de que ele mais gostava. Até parecia que ela sabia. Ao final, este se levantou, e, dirigindo-se a ela, disse-lhe que cantava divinamente, como se fosse a própria Dalva de Oliveira. Naquele instante, eu notei, Fausto olhava para ele e sorria de um jeito estranho, como se alguma coisa, ali, já tivesse sido combinada. E nos tempos seguintes, quando meu mundo começou a desmoronar, eu vi que não estava enganada. Dona Marisa, a sua mãe, que era uma pessoa fina e não bebia nada, nos serviu mais vinho, e o vosso pai, também já eufórico, ainda contou alguns casos, dos muitos que eu estava cansada de ouvir, pois quase sempre eram os mesmos. Quando chegamos em casa, não existia mais lua e, nem de leve, eu ainda poderia imaginar o rumo que as coisas, algum tempo depois, começariam a tomar. Mas, minhas filhas, eu lhes peço que não liguem para a minha emoção, porque eu, toda a vida, sempre fui uma manteiga derretida, embora sempre escondendo os segredos do coração. Agora *vosso pai chega ao pátio; disfarcemos*, pois os seus passos já ouço... Mas, se vocês insistem, e dizem que é cisma minha, então, por favor, me escutem, pois muito tenho a lhes contar.

4

Uns dois ou três dias depois, Bárbara, pedalando uma bicicleta e usando um chapéu de palhinha, apareceu por aqui. Vosso pai não estava em casa, pois havia ido ao banco ver se conseguia um empréstimo para pagar Fausto, que, além de não estar lhe dando sossego, ainda ameaçava tomar a nossa fazenda, caso a dívida que tínhamos com ele não fosse saldada no tempo certo. Eu estava na janela conversando com tia Zilá, que havia ido entregar uma costura, quando ela apareceu. Vim perguntando daqui e dali e acabei encontrando a sua casa, disse com espontaneidade, já subindo as escadas e pedindo um copo d'água, enquanto tia Zilá, a única pessoa aqui que desde o princípio desconfiou dela, deu uma desculpa e foi para a sua casa, como voltaria a fazer outras vezes quando com ela se encontrou, sem nunca lhe dirigir a palavra ou responder a um cumprimento seu. Então a convidei para entrar. Na sala, como é nosso costume, eu estava armando o presépio, e daquela vez, para embelezá-lo ainda mais, havia encomendado novos figurantes e ornamentos, tudo de argila e madeira, que dias antes tinham chegado de Minas Novas, onde ficam os melhores artesãos que já conheci. Vocês, que estavam com quatro e três anos, o adoravam e passavam horas ali, ajudando-me a montá-lo e querendo que eu, outra vez, lhes contasse as histórias do Menino Jesus e de como ele, nas costas de São Cristóvão, havia atravessado o rio Jordão na fuga para o Egito. Ao vê-lo, minhas filhas, Bárbara parou e ficou olhando-o admirada, com as mãos cruzadas no queixo: Jesus, Maria, os burrinhos, os reis magos, a estrela de Belém, os soldados..., para então dizer, como se falasse a si própria, que precisava resgatar novamente aquele seu lado criança, que há muito havia perdido. Se não, ainda falou, a gente vai perdendo a sensibilidade. Daí a pouco, na cozinha, para onde fomos tomar um café, lhe perguntei se, além de Paris, ela havia conhecido outras cidades da Europa. Londres é o meu sonho, ainda falei. Bárbara só sorriu, enquanto acendia um cigarro, se levantava e pedia-me que a levasse ao terreiro, pois queria ver de perto o pé de manga, cuja fruta lhe recordava a infância, quando brincava com as suas irmãs em um grande quintal da casa onde moravam em Belo Horizonte, no Bairro Carlos Prates, onde também havia nascido. Infelizmente ela não existe mais, pois meu pai precisou vender e a derrubaram, disse, suspirou fundo e no terreiro, onde vocês brincavam, ela as carregou, perguntou como se chamavam e prometeu que voltaria depois, para lhes trazer uns presentes. O que acabou cumprindo alguns dias mais tarde, quando chegou aqui com dois pacotes de balas e chocolates, além de umas revistas para mim. Eu apenas a olhava. As mangas já haviam acabado, embora ainda fosse dezembro, e então comentamos sobre a festa na casa de Fausto: a seresta, que ela adorou; a competência dos músicos; sobre as pessoas presentes, e quis saber de seu Neco, quem era, o que fazia, já que Fausto, no dia seguinte, havia comentado com ela das desavenças políticas e das brigas, por causa de umas terras, que estavam tendo ultimamente. E o padre, você viu?, ficou escandalizado com as minhas roupas e o meu batom... e deu uma risada. Mas, também não resistindo, eu lhe disse que havia gostado muito delas, sobretudo pelas cores e pelo bom gosto. Você as comprou prontas?, ainda perguntei, para ouvir um não, foram feitas especialmente por uma modista, que para mim costura há anos... E confessei, quase sem sentir, que o vosso pai, naqueles dias, havia me dado um vestido, para que eu usasse no réveillon. Curiosa, ela pediu-me para vê-lo. Fomos então para o quarto, abri o guarda-roupa, tirei-o de dentro da caixa e, estendendo as mãos, entreguei-o à Bárbara. É maravilhoso, simplesmente deslumbrante, disse, enquanto, fingindo experimentá-lo, também se mirava no espelho, como eu mesma havia feito no dia em que o recebi de vosso pai. Só que o fazia de uma maneira estranha, passando a língua nos lábios, mexendo em demasia com os ombros, e aquilo me deixou sem graça, já que às vezes também olhava para mim, sorrindo de um jeito esquisito, como se, de alguma forma, estivesse me provocando. Você irá fazer o maior sucesso, ela falou. Mas eu lhe respondi, abrindo o coração, que estava insegura, já que ele era decotado demais, e eu tinha medo do que as pessoas pudessem falar. Que bobagem!, Ângela, é assim mesmo que está usando, e, além do mais, foi o seu homem que te deu de presente... O seu homem... Ninguém, até então, referindo-se ao vosso pai, havia falado daquele jeito comigo. Mas, ainda assim, mostrei a ela mais coisas minhas, e também o nosso álbum de casamento: as fotos da lua de mel, quando nós fomos a São Lourenço e Caxambu; os retratos de vocês, recém-nascidas, feitas por seu Pequeno; outros meus, no Colégio Nossa Senhora das Dores, logo após a minha mudança para cá. Daí a pouco, fomos de novo para a cozinha, tomamos vinho do Porto e ela acendeu outro cigarro, enquanto Marieta coava mais café. E então eu, que jamais havia experimentado, pedi a ela que me desse um, e esta se divertiu, rindo muito, quando, ao dar a primeira tragada, eu comecei a tossir, jogando-o na mesma hora dentro da fornalha. Ali, só nós duas, pois mandei que a empregada fosse comprar algo, a fim de ficar sozinha com Bárbara, ela então me falou de sua vida em Belo Horizonte, onde também trabalhava em um teatro e já havia encenado várias peças, e também outra vez de Paris, dos passeios à tarde às margens do Sena, dos entardeceres nos cafés com as mesas colocadas nos passeios, e ainda de Fausto, com quem, alguns anos antes, disse que quase havia se casado. Mas tudo são águas passadas, já que os olhares dele, de muito tempo para cá, têm outra direção..., disse e olhou para mim, enquanto eu, muito sem graça, tratei de ir mudando de assunto. Aqui em casa, naquele dia, Bárbara, que voltaria muitas outras vezes, até tudo acontecer, ficou ainda durante muito tempo, e eu, como de resto todo o mundo aqui em Serra Dourada, menos tia Zilá que, desde o início, soube quem ela era, estava encantada com a sua figura. Com as coisas que havia feito, os lugares que conhecia, os livros que já havia lido e com as suas aventuras, com as quais nem eu e nem as minhas amigas jamais poderíamos sonhar. Então eu também falei, e lhe contei que o vosso pai gostava muito de ler e que, de vez em quando, costumava declamar poemas para mim, dos que havia aprendido quando ainda era interno no Colégio Caraça, antes de ir para Belo Horizonte, onde acabou se formando em Direito, embora nunca houvesse exercido a profissão, já que havia feito o curso somente para agradar ao seu pai. Este sim, um bamba na profissão. Não diga, Bárbara apenas comentou, e voltou a me falar dos seus casos amorosos, e disse ainda que, embora nunca tivesse se casado, achava que conhecia um pouco dos homens, que no fundo eram todos iguais. Naquele dia ficamos muito tempo juntas e, quando finalmente ela se despediu e fui levá-la até a porta, o vosso pai estava chegando. Suado, com a camisa aberta no peito, ele ficou surpreso, e notei a maneira como ela o olhou. Desculpe por eu não estar em casa, mas não sabia que a senhora viria. Senhora, outra vez?, assim nós vamos acabar brigando, Bárbara lhe disse, enquanto abria um sorriso. E ele então lhe falou que estava com Fausto e alguns outros amigos, com os quais, pelo menos uma vez por semana, gostava de jogar malha, explicando-lhe em seguida, quando esta quis saber o que era, que se tratava de um jogo antigo, já fora de uso, e quase só praticado pelos mais velhos, assim mesmo por uns poucos. Mas, talvez por isso, era muito divertido, e que, ele achava, havia sido trazido para a cidade por uns italianos, que há muitos anos haviam vivido aqui, onde dois deles, os gêmeos Giovani e Nardeli, ainda muito novos, tinham morrido afogados em uma tarde de chuva, quando, contrariando os conselhos do pai, haviam ido nadar no Jequitinhonha, que estava muito cheio. Mas, agora, minhas filhas, eu lhes peço, com isto vamos parar... Ainda não? Estão gostando? Então, meninas, escutem, pois de muitas e outras coisas vocês vão ficar sabendo, já que hoje o meu coração a vocês estou abrindo.

5

No dia seguinte, de manhãzinha, Bárbara e Fausto vieram aqui em casa, para irmos à fazenda, conforme anterior combinação com o vosso pai. Ele, na hora em que o viu, parece que não gostou, já que Fausto, na noite anterior, no Cabaré de dona Vanda, depois de ter bebido e na vista de alguns conhecidos, havia outra vez lhe falado, embora em tom de brincadeira, que se este não lhe pagasse o empréstimo dentro do prazo, teria então de lhe dar a fazenda, conforme constava na promissória. Souza e Osmarinho também estavam por perto, ao que o vosso pai, tendo de engolir a humilhação, ainda havia lhe pedido mais um tempo. Tomar a nossa fazenda, na qual sempre se suspeitou existirem diamantes, era uma antiga vontade de Fausto, que nunca conheceu nenhum limite quando desejava alguma coisa. Mas, mesmo assim, este, como se nada tivesse acontecido, estava na nossa casa, para ir conosco até a fazenda. Apesar de serem amigos, e de haverem crescido juntos, entre ele e o vosso pai, só que de maneira velada, sempre existiu uma rivalidade, que ficou ainda maior após o nosso casamento, que de toda maneira, inclusive através de cartas anônimas enviadas a mim, e que hoje sei, foram escritas por ele, Fausto tentou impedir, dizendo coisas horríveis do vosso pai e que aqui, para vocês, não tenho coragem de repetir. Mas este, em relação à dívida, estava resistindo, e sempre dizia a mim que iria, de qualquer maneira, arranjar um jeito de pagá-la, para ficar livre daquele pesadelo. Porém, como o café e o gado — os únicos bens, além da terra, que nós possuíamos naqueles tempos — não estavam valendo nada, eu tinha medo de que aquilo pudesse terminar em briga, já que ambos tinham o mesmo gênio estourado, e histórias de conflitos e mortes, em suas famílias, não eram coisa do passado. Além do mais, minhas filhas, Fausto nunca desistiu de mim, e o vosso pai sempre soube disso, embora tentasse não demonstrar, como ainda hoje acontece. Isso, porém, nunca chegou a interferir no nosso casamento, que, se não estava indo bem, era por outros e variados motivos, já que nunca, em toda a minha vida, agi de modo que pudesse desconfiar de mim. A nossa fazenda, já há mais de um século, está com a família do vosso pai, que a herdou do vosso avô, na sua época um dos homens mais ricos e influentes da região, além de ser um advogado famoso. Os pastos, no dia em que fomos visitá-la, estavam verdes, bonitos, e Fausto, enquanto dirigia, ia mostrando a Bárbara onde ficavam suas dragas, das quais saíam os diamantes e que aos poucos, devido aos buracos que abriam, iam modificando o leito do rio, que com isso ia ficando sem o seu curso natural. E ainda contava que, nos últimos tempos, só estava conseguindo manter três delas, pois os americanos, que iam chegando com seus dólares e muitos incentivos do governo, começavam também a dominar o comércio das pedras. Mostrava-lhe ainda algumas terras que havia comprado, enquanto o vosso pai, ao meu lado, não dizia uma única palavra. Constrangida, Bárbara, vez ou outra, perguntava-me alguma coisa, até que Fausto, quando estávamos quase chegando, voltou-se para o vosso pai e, de uma maneira irônica e provocativa, lhe disse: agora, meu caro, só falta mesmo você me entregar a sua fazenda, para que eu possa emendar estes pedaços, e, quem sabe um dia, poder ser dono da mesma quantidade de terras que teve o seu pai.

Porém Bárbara, percebendo o mal-estar que tudo aquilo estava provocando, virou-se para Fausto, deu-lhe um tapinha nas costas e lhe disse: meu querido, você não acha que este não é o momento apropriado para se falar de negócios...?; afinal de contas, estamos fazendo um passeio... Ao que o vosso pai, sem deixar por menos, também já respondia: na vida, meu amigo, e você sabe disso melhor do que eu, tudo pode ser negociado... Daí a pouco chegamos à fazenda. E, assim que nos viu, seu Joaquim veio abrir a porteira, seguido de perto pelo neto, que se chamava Roberval e cujos pais, como acontecia todo ano, haviam ido para São Paulo, onde estavam trabalhando nas lavouras de café. O Jequitinhonha continuava cheio, ainda não eram nem nove horas, íamos almoçar ali, e o vosso pai, assim que descemos do carro, já foi dizendo a seu Joaquim que matasse um peru bem gordo e que também selasse os cavalos. Dona Francisca, que nunca havia visto uma mulher de calças compridas, não tirava os olhos de Bárbara, que elogiava a beleza do lugar, enquanto o vosso pai lhe contava não só que a casa tinha mais de duzentos anos, como também havia pertencido ao contratador João Fernandes, que nela, nos bons tempos, gostava de veranear com a Chica da Silva, que ali aprontava das suas. Mas Bárbara, àquela altura, já estava entretida com a biblioteca e com os livros, ao mesmo tempo em que falava, apontando-os com os dedos: Aristóteles, Dom Quixote, Augusto dos Anjos, quanta coisa boa... Então Fausto lhe contou que o vosso avô havia sido um grande latinista, dos bons tempos do Caraça, onde tinha sido colega de turma, entre outros famosos, de Joaquim de Salles e do senador Sabino Barroso, que anos depois daria o seu nome à cidade de Sabinópolis, enquanto Salles, que mais tarde se tornaria escritor, havia ido viver na Europa, onde chegou a conhecer a princesa Izabel, já por aqueles tempos vivendo com sua família no exílio. Se pudesse, Bárbara então disse, dando à sua voz uma entonação diferente, em um lugar tão bonito, e no meio de tantos livros, eu passaria o resto de minha vida... E olhou para o vosso pai, ao mesmo tempo em que também lhe falava dos seus autores preferidos e dos romances que havia lido, ao que ele lhe respondeu dizendo que, das suas preferências literárias, a maior mesmo era pela poesia de Augusto dos Anjos, que havia lido escondido, ainda nos seus tempos de Caraça. E assim a conversa foi indo, até que, alguns minutos depois, quando ele e Fausto saíram para o terreiro, e Bárbara e eu ficamos sozinhas, ela então me perguntou há quantos anos nós estávamos casados e se eu era feliz com o meu marido. Ele é o amor da minha vida, lhe respondi, e por sua causa sou capaz de tudo... De tudo mesmo?, ela perguntou de um jeito estranho, para dizer em seguida: mas você nunca pensou, minha amiga, que um dia pode perdê-lo...? Eu... perder o Ulisses? É claro que não, pois a família, para nós, é a coisa mais preciosa que existe. Ao que ela, franzindo as sobrancelhas ainda comentou, para em seguida não dizer mais nada: se eu fosse você, não confiaria tanto assim nos homens... E olhou para mim, acendeu e me ofereceu um cigarro e, naquela hora, notei que uma expressão muito triste se estampou no seu rosto, como se alguma coisa antiga, e dolorosa, houvesse voltado à sua memória. Falamos ainda de outros assuntos, até que dona Francisca, sem tirar os olhos de Bárbara, que fingia não estar percebendo, veio nos dizer que o almoço estava pronto. Daí a alguns minutos, quando estávamos na mesa, e íamos começar a comer, o vosso pai se levantou, pegou a chave do armário, que ficava dentro de um vaso, e, em seguida, veio com uma garrafa de cachaça, da qual Bárbara e Fausto também beberam. É da Coluninha legítima, e me foi dada pelo próprio Silvio Garcia, uma vez em que estive na sua casa, lá em Coluna, onde também existe o melhor queijo de Minas, e se faz um doce de leite de primeira, ele disse. As nuvens iam tomando uma tonalidade escura, pareciam mais baixas, e dos lados da Penha de França, onde uma vez, em uma gruta, contam que Nossa Senhora apareceu, começava a vir um vento morno, que dava uma sensação gostosa quando batia no corpo. Porém, foi depois do almoço — e ainda hoje me pergunto como pude ter sido tão ingênua — quando os cavalos já estavam selados, e o gado reunido no curral, onde seu Joaquim, em vão, tentava laçar um novilho, que eu vi quando o vosso pai entrou ali e, sem a ajuda do vaqueiro, o agarrou com as mãos, jogou-o no chão e disse que podiam trazer o carimbo, pois aquele estava seguro. Bárbara, fascinada, filmava tudo, enquanto o vosso pai se aproveitava também, sem errar uma só vez, para se exibir no laço. Minhas filhas, ele já estava se apaixonando e, mesmo com o céu escuro e com a chuva quase caindo, Bárbara e ele, pois eu e Fausto não quisemos ir, foram dar uma volta a cavalo. Fausto, inclusive, tentou fazer com que desistissem, mas ela insistiu, falou que há anos não tinha uma oportunidade daquelas, e que não queria se furtar àquele prazer, por causa de uma chuvinha de nada. E pouco depois, os dois, a galope, sumiam na curva, enquanto Fausto e eu voltávamos para dentro de casa. Logo em seguida desabou a tempestade. Mas eles já estavam longe. E galopavam, galopavam, e Bárbara, soltando as rédeas, abria os braços, fechava os olhos e deixava que a água batesse à vontade em seu corpo, enquanto gritava, gritava, e o vosso pai, também galopando, estava gostando daquilo e chegou, como ela, a deixar as rédeas soltas e que o cavalo corresse sem freios. Fausto e eu ficamos em silêncio; ele, às vezes, me olhava. Fingindo não perceber, eu desviava as vistas, voltando-as para onde Bárbara e vosso pai haviam ido. Até que ele, tocando nas minhas mãos, disse, Anginha, entre nós, tudo ainda pode ser diferente, basta você dar o sinal... E o vosso pai e a moça já estavam longe. E o céu, ainda mais escuro, começou a ser cortado por relâmpagos; os trovões eram fortes, e eu então disse a Fausto, fingindo não haver escutado, mas sem tirar das minhas as suas mãos, que estava preocupada, com receio de que alguma coisa lhes acontecesse. Ele apenas sorriu. O vento açoitava tudo, os trovões e os relâmpagos aumentavam, e agora Bárbara já não estava com os braços abertos, nem sentindo o mesmo prazer de antes, mas trêmula, com medo, e dizia ao vosso pai que queria voltar, pois sempre tivera pavor de ser morta por um raio, como aconteceu com uma amiga sua, quando eram crianças e aquela, ao voltar para casa, depois das aulas, foi atingida por um que caiu em uma árvore, bem na hora em que ela estava passando. E eles riscavam o céu. Então o vosso pai aproximou ainda mais o seu cavalo do dela, tomou as rédeas e disse-lhe que ficasse tranquila, pois não havia perigo nenhum, já que estava acostumado a situações como aquela. Daí a pouco, para se protegerem, os dois entraram em uma pequena gruta, aonde vosso pai e eu, no início do nosso casamento, costumávamos ir, e na qual, dizia a lenda, um escravo, chamado Preto Angola, havia descoberto dezenas de diamantes, com os quais tinha conseguido não só comprar a sua alforria, como também se tornar proprietário e libertar centenas de outros negros, com os quais, mais tarde, acabou fundando um povoado, do qual já não me lembro o nome. A blusa de Bárbara, colada ao corpo, deixava à mostra os seus seios; vosso pai, amarrando o cavalo em uma árvore, procurava acalmá-la, enquanto Fausto e eu continuávamos na varanda, e aquela moça, se aproximando dele, lhe dizia que também sentia frio. O seu queixo batia, os lábios se afinaram. E o vosso pai sentia-lhe a respiração; e a blusa, molhada, estava colada ao seu corpo, e o vosso pai o olhava, e Bárbara, também, sentia a sua respiração, e o calor que vinha dele. A chuva continuava forte. Um raio, de repente, despedaçou uma árvore próxima de onde estavam os cavalos, que se assustaram e saíram em disparada. E então ela, em um impulso, se abraçou ao vosso pai, enquanto Fausto, ao meu lado, e ainda com as suas mãos junto às minhas, que não se afastaram, dizia que era incapaz de me esquecer, e muito menos de deixar de me amar.

6

Lá pelas dez horas da noite, depois que voltamos da fazenda, Fausto e Bárbara passaram novamente aqui em casa, desta vez para irmos ao clube, onde seria realizado um encontro para se discutir o baile do réveillon. Nem se tocou no assunto da cavalgada. Como eu me sentia indisposta, com um início de resfriado, resolvi não ir com eles. E hoje vejo que Bárbara, já por aqueles dias, ia virando a cabeça do vosso pai. Se divirta, querido, eu lhe disse com ironia, mas ele fingiu não perceber, enquanto acabava de se vestir, passava perfume e vocês duas, como todas as noites acontecia, já estavam dormindo na nossa cama. Só mais tarde nós as levávamos para o quarto de vocês. Então eles saíram. Eu peguei um romance, *A Tulipa Negra*, uma das únicas lembranças que guardei da minha mãe, e comecei a ler, sem no entanto conseguir me concentrar em nenhuma palavra, pois só pensava no que havia acontecido na fazenda. Lá fora, o silêncio era total, e no Clube — e disso também só muitos dias depois fiquei sabendo — o vosso pai e aquela mulher passaram quase todo o tempo conversando, também dançaram e beberam muito, sendo que ele, quando já era bem tarde, ainda a levou em casa, pois Fausto, de propósito, os havia deixado sozinhos, com desculpas de que precisava ir se encontrar com uma pessoa, com a qual tinha negócios a tratar. Mas, minhas filhas, eu lhes juro, no que estava acontecendo custei muito a acreditar, o que só veio a ficar claro no dia do réveillon, e a se consumar no final de janeiro, quando, por ela, o vosso pai nos deixou. Porém, durante todo aquele tempo, ainda saí mais vezes com Bárbara, que também voltou aqui em casa, e em uma das visitas, eu um presente lhe dei. Mas, agora, eu lhes peço, vamos parar por aqui, pois, de uma hora para a outra, vosso pai pode chegar.

7

No dia seguinte, logo após o almoço, contrariando o seu costume, ele voltou a se deitar. Outra vez havia bebido muito na noite anterior, passado mal, e reclamava de dor de cabeça quando, lá pelas três horas, parou um jipe aqui na nossa porta, começou a buzinar e um homem de óculos escuros, o que estava ao lado do motorista, pois tinha dois outros atrás, foi logo me perguntando, quando atendi, se era aqui que morava o filho de Juca Pena. E, ao lhe responder que sim e convidá-lo para entrar, o que agradeceu, ele quis saber ainda se eu era a sua esposa, ao mesmo tempo em que me pedia que dissesse ao vosso pai que ele era Sandro, o boiadeiro de Pirapora, e que viera para olhar o gado, conforme haviam combinado dias antes, na porta do Banco do Brasil, em Curvelo. Dizia tudo com uma voz cantada, diferente da nossa: tinha um meio sorriso, usava um blusão de couro e, quando tirou os óculos, pude então reparar nos seus olhos, que doíam de tão azuis. Pedi a ele um momento, deixei a porta aberta e, ao chegar ao nosso quarto, o vosso pai, de mau humor, perguntava que buzina era aquela e quem estava ali incomodando. Eu então lhe disse que era um tal de Sandro, boiadeiro de Pirapora, que viera ver o gado, ao que vosso pai, quase gritando, mandou que eu falasse com ele que voltasse outro dia, porque de jeito nenhum estava com vontade de ver boi. Sem graça, voltei para ver o moço, lhe pedi desculpas, mas ele me disse que tentasse de novo, porque ele viera de longe e não podia perder assim uma viagem, já que estava gastando tempo e dinheiro. Fui de novo ao nosso quarto e dei o recado, ao que vosso pai respondeu: diga a esse Sandro que vá caçar gado no inferno... E nem precisei, minhas filhas, de àquele homem falar mais nada, pois ele, que ouvira os gritos, só me perguntou, de uma maneira educada: Dona Ângela, o que está acontecendo? Respondi que não era nada, pois o meu marido, além de cansado, estava também um pouco adoentado. É uma pena, ele então disse, pois pensei que esse moço, cujo pai eu conheci, fosse homem de palavra. E falou ao motorista, um mulato com a boca cheia de dentes de ouro, que fosse ligando o jipe, pois não temos tempo a perder. Mas, antes de saírem, ele ainda me perguntou, após bater com a mão na testa, como se lembrasse de alguma coisa. Por acaso a senhora é da família Barbalho, uma que vivia no Grão-Mogol, entre o Barrocão e a Virgem da Lapa? E, quando lhe respondi que sim, que meu avô Augusto e o meu pai Antônio, ambos falecidos, tinham fazendas por lá, nas margens do Araçuaí, ele então sorriu, disse que ainda estava com boa memória e me contou que, há muitos anos, também negociara por aquelas bandas, quando ainda não era comprador de gado e, sim, representante de um laboratório de produtos veterinários. Aquilo havia sido na época das tropas e que, ao me ver, havia pensado mesmo que eu deveria ser daquela família, gente supimpa, já que com ela eu me parecia demais. E então falou, até mais ver, dona, enquanto o mulato arrancava o carro e iam embora.

8

Mas, minhas filhas, se vocês querem mesmo que eu prossiga, então lhes peço, e escutem, *palavras de minha boca*, pois mais ou menos uns dez dias depois de nossa ida à fazenda, do encontro deles no Clube e da vinda do boiadeiro, eu passei sem ver Bárbara. Tia Zilá, em uma tarde, veio até aqui em casa e, depois de rodear muito, acabou me falando que eu deveria abrir os olhos, pois sobre seu marido e aquela tal todos já estão falando. Falando o quê? Então tia Zilá, com aquele seu jeito, deu de ombros, balançou a cabeça e, antes de mudar de assunto, ainda me disse que depois eu não viesse reclamar. Quem avisa, amiga é, ainda lembrou. Confesso que o resto da tarde só fiquei pensando naquilo, mas, quando chegou a noite, e o vosso pai voltou para casa, e ainda trazendo um presente para mim, eu vi que o que tia Zilá havia falado era só exagero. E naquela noite tomamos duas garrafas de vinho, fomos para a cama mais cedo e ele foi muito carinhoso comigo, como até hoje acontece. Mas, minhas filhas, sem que eu percebesse, ou não quisesse enxergar, a verdade é que já estava sendo enganada. E tanto não liguei para o aviso de tia Zilá, nem para o que havia presenciado na fazenda, que, no dia seguinte, logo após o vosso pai ir para lá, eu, que estava querendo me encontrar de novo com Bárbara, passei na casa de Fausto. Fazia muito calor. Ele estava na varanda, sem camisa e tomava um suco de laranja, enquanto a sua mãe tecia em uma cadeira ao lado. Bem próximo, em uma árvore, um sabiá-laranjeira cantava e, dentro do carro, parado à porta da casa, Souza e Osmarinho jogavam baralho. Olharam para mim, fingi que não os notei, pois nunca gostei deles, e me dirigi a Fausto, que, ao me ver, vestiu a camisa, enquanto me convidava para entrar e dizia que só mesmo Bárbara para fazer com que eu fosse à sua casa. E, tomando-me pelas mãos, também falou, bem próximo ao meu ouvido, que eu estava linda. Fiz que não escutei. Quando Bárbara apareceu, eu disse que havia ido buscá-la, para darmos um passeio, pois o dia estava muito bonito e eu queria mostrar um pouco da cidade para ela. Faltava pouco para o Natal e então Fausto, quando já descíamos as escadas, ainda me disse que ouvira falar que eu havia ganhado um vestido muito bonito. Apenas sorri, dei o braço a Bárbara e saímos. Em muitos lugares ela já havia ido. Mas outros ainda não conhecia. Levei-a então ao Colégio Nossa Senhora das Dores, onde eu havia estudado, e ela se encantou com o passadiço. Com a sua função de, naquele tempo, fazer com que nós passássemos de um prédio a outro sem atravessar a rua e, assim, não sermos abordadas pelos rapazes. Fomos ao mercado, onde ela provou da comida dos tropeiros, fumou cigarro de palha com eles e pediu para filmá-los. Gosto deste Brasil antigo, me disse. Visitamos também a biblioteca Antônio Torres, onde, em meu nome, tirei para ela um livro de Augusto dos Anjos, o poeta do seu marido, e um outro de Aureliano Lessa, do qual já ouvira falar. É tanta coisa boa para se ler... Passamos pela igreja de Chica da Silva, que queria visitar de novo, pois achava que ela havia sido uma mulher extraordinária, à frente de todas as outras do seu tempo, principalmente das dondocas brancas, que foram obrigadas a engoli-la. Ela soube aproveitar as oportunidades, disse ainda, e, daí a pouco, sempre de braços dados, estávamos no Beco do Mota, onde viviam as prostitutas e ficava o Cabaré de dona Vanda, e ela disse que gostaria de conhecê-lo, pois lugares assim, clandestinos, sempre a fascinaram. Mas eu não aceitei o convite, já que ali era um local proibido, onde nenhuma de nós, mães de família, ousava entrar. Então ela me chamou, e fui, pois era coisa que sempre tive vontade de fazer, para tomarmos uma cerveja na calçada da confeitaria, o que naquele tempo também era um privilégio só dos homens. E nem é preciso dizer que todos os olhares se voltaram para nós. Aproveitei então para perguntar a ela se, na sua vida, havia feito tudo o que tivera vontade, ao que essa, fumando, respondeu que algumas vezes, sim, e outras, não, mas se arrependendo sempre por não haver tentado. E na fidelidade dos homens, você acredita?, ela quis saber de mim, e eu lhe respondi que sim, pelo menos na do meu marido. Ao que Bárbara, franzindo as sobrancelhas, apenas sorriu, e fez uma expressão que, com os olhos de hoje, sei o que significava. Mas, mudando de assunto, ela disse que, convencida por Fausto, havia decidido ficar, não só para o Natal, como também para o baile de réveillon, do qual tanto se fala nesta cidade... Porém uma coisa a estava incomodando: uma roupa adequada e condizente com a ocasião, que não havia trazido. Naquela hora, minhas filhas, eu a vi dentro do vestido, aquele mesmo que o vosso pai havia me dado e que, por ser muito decotado, eu estava com vergonha de usar. Então, naquele instante, dizendo-lhe que me sentia um pouco tonta, pois não tinha costume de beber cerveja, a chamei para irmos embora, convidando-a para passar lá em casa. O vosso pai ainda não havia chegado. E mesmo com a sensação de estar fazendo uma coisa errada, mas que eu queria muito, levei-a ao nosso quarto, onde, ainda dentro da caixa de papelão, estava guardado o presente. Abri a porta do guarda-roupa, tirei de dentro dela o vestido rendado, *de colo mui devassado*, e entreguei-o a ela, que a princípio quis recusar, pois este é um presente do seu homem para você. Mas, em seguida, abraçou-me, foi-se despindo ali mesmo, na minha frente, e, mostrando toda a beleza do seu corpo, desta vez não fingiu experimentá-lo, como já havia acontecido, mas o vestiu de maneira natural e muito segura de si. A sensação que tive foi a de que aquela roupa há muito tempo já lhe pertencia, e em todo aquele processo, eu não significava nada. E era a mais pura verdade.

9

Mas, pouco tempo depois, assim que ela saiu, o vosso pai, muito nervoso, foi entrando casa adentro, vindo da fazenda, onde tinha ido tentar vender o café a um homem de Belo Horizonte, que, além de haver oferecido só a metade do preço que valia, lhe dissera ainda que estava correndo o boato de que o governo iria mandar queimar o excedente dos estoques, para equilibrar o mercado, senão haveria uma grande quebradeira. A coisa está feia, ele me disse, contando também que havia passado um telegrama ao Sandro, o boiadeiro de Pirapora, pedindo-lhe desculpas, e que este havia lhe respondido, de maneira malcriada, dizendo que não estava mais interessado no gado e muito menos em perder outra viagem com gente que não sabia honrar os seus compromissos. E o pior, o vosso pai acabou confessando, era que Fausto não estava lhe dando sossego e queria receber o dinheiro de todo jeito, ou então a nossa fazenda, em troca da dívida. Então eu lhe disse que era só ter calma, pois tudo acabaria se resolvendo, e ainda tentei lhe dar um beijo, mas ele se esquivou, dizendo que estava muito cansado e iria tomar um banho, para ver se relaxava um pouco. Mas, antes, falou-me também que já estava sabendo, como todos na cidade, da cerveja que eu e Bárbara havíamos tomado na confeitaria, e que isso não ficava bem para uma mulher como eu, casada e mãe de duas filhas, além do nome, que tinha a zelar. Nós não fizemos nada escondido... mas ele, sem dizer mais palavra, foi indo para o banheiro, eu segui para o nosso quarto, e daí a pouco, ainda enrolado na toalha, ele já estava escolhendo uma roupa para sair. Vou ver se consigo o dinheiro, disse, enquanto me falava ainda da discussão que Fausto e seu Neco — este também lhe devia — haviam tido no Cabaré de dona Vanda, e que este último, muito nervoso, tinha ameaçado matá-lo, caso ele protestasse o seu título, ou então entrasse na justiça. Além do mais, era época de política, seu Neco candidato a prefeito, adversário de Fausto, que também tinha as suas pretensões, e tudo aquilo complicava ainda mais a situação. O compadre, vosso pai ainda disse, está mexendo em caixa de marimbondo, com esta coisa de falar que mata, faz e acontece. Mas a verdade, minhas filhas, é que ele — e só então comecei a perceber — estava se transformando, embora eu, ainda, não quisesse admitir que era por causa de Bárbara, com a qual, também naquele dia, como voltaria a acontecer várias outras vezes — até não ter mais jeito —, ele não só saiu, como ainda, na companhia de outras pessoas, acompanhou as pastorinhas, sem ele nada fazer para disfarçar que estavam juntos. E depois, tarde da noite, ainda foram até ao Alto do Cruzeiro, onde fizeram uma serenata, Bárbara cantou várias músicas, e também pediu ao vosso pai que declamasse algum poema de Augusto dos Anjos para ela. Isso, minhas filhas, foi mais ou menos uma semana antes do Natal, quando eu terminava de montar o presépio. Ainda por aqueles tempos, não estava me importando muito com as suas saídas, embora elas, depois da chegada de Bárbara, estivessem mais frequentes, com ele sempre voltando mais tarde, cheirando a bebida e cigarro. Mas eu, mesmo com todas as evidências, e com tia Zilá tendo me avisado, não conseguia acreditar, e preferia pensar que eram coisas dele, caprichos de homem, mas que não nos ameaçavam, já que ele sempre gostou de sair e de beber. E não liguei para a história das pastorinhas, às quais ele acompanhou com Bárbara, e nem dos poemas que havia declamado para ela, porque aquilo também fazia sempre, em quase todas as festas a que íamos. Além do mais, a certeza do meu amor por ele era tanta, e de que me amava, também, que eu jamais poderia imaginar o que daí a pouco mais de dois meses viria a acontecer, fazendo com que o meu mundo, com o qual sempre havia sonhado, começasse a desabar.

10

NAQUELES DIAS também havia chegado um circo, e, como por aqui as novidades eram poucas, ele estava sendo a maior atração. Nós também fomos assistir a uma sessão; lá nos encontramos com Bárbara, Fausto e dona Marisa, a sua mãe. Neide, a empregada deles, vinha um pouco atrás, e ao lado dela doutor Astor, sem o terno branco, o que era raro, mas com seu inseparável cachimbo, cujo cheiro, meio adocicado, eu nunca suportei. Fausto e Bárbara estavam de braços dados e também, como se fossem sombras, avistei Osmarinho e Souza, que dele não se separavam, e mais ainda naqueles dias, após a ameaça de morte que lhe havia sido feita por seu Neco, que também estava presente junto com dona Helena, cujas mãos não paravam de tremer.

Vieram ainda seu Pequeno e tia Zilá, com a qual se casara quando esta ainda era praticamente uma criança. Até padre Olímpio avistamos por lá, acompanhado de alguns seminaristas e várias mulheres, todas mais velhas, que deviam ser as suas mães. Vosso pai foi com vocês até ao carrinho de pipocas, e trouxe um saquinho para mim e outro para Bárbara, que lhe agradeceu em francês e, tocando no meu braço, perguntou, com a cara mais cínica do mundo, por que eu não havia ido com eles ver as pastorinhas, dizendo ainda que elas eram encantadoras. Portuguesinhas típicas, falou, enquanto imitava os seus passos de dança e tentava cantar as suas modinhas. Sentimos a sua falta, e olhou para o vosso pai, que abaixou a cabeça. Fausto, que havia se afastado, quando voltou estava com os ingressos, e, antes que o vosso pai falasse alguma coisa, ele foi logo dizendo: lembra do nosso tempo de meninos, quando eu não tinha dinheiro e você pagava para mim? Mas, na sua voz, eu notei, havia uma ponta de ironia, e não era a primeira vez que ele agia assim, sobretudo quando estávamos na presença de outras pessoas. O vosso pai apenas sorriu, não disse nada, e entramos, pois o espetáculo ia começar. O circo estava tão cheio que quase não conseguimos lugares, e, logo em seguida aos palhaços, veio o número das facas, quando uma mulher ficava em frente a uma tábua e um homem, vestido com roupas orientais, as ia atirando uma após a outra, até rodear todo o seu corpo. Uma coisa de arrepiar os cabelos. Na plateia ninguém dava um pio. Porém, as coisas não pararam por aí, pois daí a pouco esta mesma mulher, a quem chamavam de Lolita, já de roupas trocadas e com um batom muito vermelho, começou a dar voltas e mais voltas em uns cavalos que, ao som de uma música, dançavam e faziam malabarismos. Eles eram lindos. E logo em seguida o apresentador, voltando-se para o público, perguntou se por acaso alguma mulher, ali da distinta plateia, gostaria de fazer companhia a Lolita, montando também em um dos nossos fogosos garanhões. Bárbara então se levantou e naquele momento, minhas filhas, ela deixou transparecer, de fato, a verdadeira atriz que era. Fausto, perplexo, ainda tentou fazê-la mudar de ideia; dona Marisa, levando as mãos à boca, parecia não acreditar no que via, o mesmo acontecendo com doutor Astor, que chegou a tirar os óculos e deixar cair o cachimbo. Mas Bárbara, saltando para dentro do picadeiro, abriu os braços, cumprimentou o público e, nos instantes seguintes, na companhia da tal Lolita, dava voltas e mais voltas e acenava para o público montada em um daqueles cavalos, para o delírio de todos, enquanto suas roupas, esvoaçando, deixavam aparecer as pernas, seu Pequeno disparava a sua máquina e vosso pai, embevecido, também não parava de aplaudir. Tia Zilá apenas comentou: para mim, não é nenhuma surpresa isso que essa rameira está fazendo... Naquela noite, minhas filhas, quando chegamos em casa, eu disse ao vosso pai que havia dado a ela o vestido. Ao que este, sem esboçar a mínima reação, limitou-se a responder, eu sei, pois ela me disse, enquanto acabava de trocar de roupa e se deitava, sem ao menos me dar boa noite. Lá fora estava escuro, sem nenhuma estrela no céu.

I I

E ASSIM CHEGOU o Natal. Durante o dia, como vinha acontecendo, caiu uma chuva forte, que veio acompanhada de trovoadas e relâmpagos. Eu havia matado um peru, feito empadinhas, vários tipos de pastéis e muitos doces, a maioria cristalizados, pois são os de que o vosso pai mais gosta. Os presentes de vocês, duas bonecas grandes, nós havíamos comprado semanas antes, mas estavam escondidos no guarda-roupa, esperando a hora certa para serem entregues. Aquilo me deixava feliz, pois me fazia voltar à minha infância, quando também o meu pai, em ocasiões assim, costumava ser muito carinhoso comigo. Ele que, no dia a dia, era um homem seco, de poucas palavras e, em alguns casos, até ríspido. Todos os anos, para cear conosco, vinha também a vossa avó; ela que nunca gostou de mim, por achar que eu, uma roceirazinha, não merecia haver me casado com o seu filho, para o qual sempre sonhou sei lá o quê. Mas, logo depois do almoço, quando o vosso pai havia saído, tia Zilá voltou a aparecer, e trazia um presente para mim, que começava a temperar o peru. Então ela, depois de muito rodear, de novo tocou no assunto, dizendo-me que, aqui na cidade, só eu não sabia, ou estava me fazendo de boba, do que já estava acontecendo entre o vosso pai e Bárbara. É só nisso que se fala, ela disse, sobretudo depois do vexame no circo... Minhas filhas, naquela hora, tive muita raiva dela; deixei de lado os temperos: coentro, pimenta, urucum, limão, limpei as mãos no avental e, furiosa, lhe falei que conhecia o meu marido, e, além do mais, sabia o tanto que ele me amava. Ao que ela retrucou, também levantando a voz, com a autoridade de tia, e disse que só estava era querendo ser minha amiga, mas que, se eu quisesse continuar a me fazer de cega, então o problema era meu e ela iria lavar as suas mãos. E foi saindo. Dei banho em vocês, as vesti com roupinhas novas, e lá pelas oito horas, quando tudo estava pronto, o vosso pai chegou. Trazia balas, bombons e também aquele ursinho de pelúcia, o Pepe, o mesmo que, até hoje, ainda está na nossa cama, e com o qual, desde a sua volta, eu não durmo mais abraçada. Então beijei as suas mãos, a sua boca e, agarrada àquele bichinho, fui até o nosso quarto, de onde voltei com uma blusa de lã, que para ele, sem que soubesse, eu havia tecido, depois de conseguir um modelo bem bonito em uma revista que tia Zilá havia me emprestado. Com carinho ele me abraçou, disse que me amava, e então, minhas filhas, vendo que aquela era a hora, contei a ele o que tia Zilá havia me falado sobre ele e Bárbara. Minha querida, e ele estava calmo, e não notei qualquer insegurança em sua voz quando me disse, roçando com os lábios os meus ouvidos, o meu único amor é você. E voltou a me abraçar, tomamos alguns cálices de Porto, e em seguida ele foi se arranjar, pois já estava quase na hora dos convidados chegarem. A vossa avó, como sempre, colocou defeito em tudo; seu Pequeno, como acontecia há anos, tirou muitos retratos, exaltou o comunismo, elogiou a candidatura de seu Neco à prefeitura, o único capaz de acabar com essa bandalheira aqui, e ainda falou mal do governo, como também era seu costume, tudo isso enquanto tomava o que lhe oferecíamos, indiferente aos apelos de tia Zilá para que bebesse menos. Padre Olímpio, sempre contido, no Natal também se soltava e virava seus cálices a mais, brincando que era para ajudar no sermão. Mas seu

Neco, parecendo preocupado, naquela noite não disse nada e bebeu menos ainda, o mesmo acontecendo com dona Helena, que não saía do seu lado e, muito ansiosa, de minuto a minuto tirava de sua bolsa um pequeno espelho, levava-o até aos olhos e em seguida, sem fazer retoque nenhum na maquiagem, voltava a guardá-lo, sem conseguir conter o tremor das mãos. Também piscava sem parar, sestro que até hoje ainda tem. Vosso pai, vestido com um terno azul, falava do café, do gado, dos preços que estavam ruins e também bebia, bebia muito. Vocês deliravam com as bonecas e os doces, e eu, servindo a todos, me considerava feliz e agradecia a Deus por estarmos juntos e unidos, embora a realidade já não fosse bem essa. Nem pensava em Bárbara; por defesa, hoje eu sei. Todos, naquela noite, menos a vossa avó, elogiaram o presépio e a novidade das luzinhas, além dos novos adereços que eu havia mandado trazer de Minas Novas. A chuva não parava de cair e, quando o relógio nos lembrou que já eram onze horas — padre Olímpio havia saído para ajudar o bispo na celebração —, começamos a nos preparar para também irmos à Catedral, onde tradicionalmente eram realizadas as cerimônias do nascimento de Jesus. Os sinos estavam batendo, nossos vizinhos já haviam saído, e por toda a cidade, vindos de todos os lados, ouviam-se foguetes.

12

Minhas filhas, a chuva continuava, e os sinos não paravam de tocar, quando saímos para a missa. O carro ia cheio, os pneus escorregavam nas pedras do calçamento, e, assim que chegamos à Catedral, começaram a cair algumas saraivas, que provocavam muito barulho ao bater nos vidros das janelas. Também ventava demais. Mas, mesmo assim, a igreja estava lotada, e custamos a encontrar lugares onde pudéssemos ficar assentados. Era quase meia-noite e a missa ia começar quando Neide, a empregada na casa de Fausto, entrou apressada na Igreja e, assim como estava, toda molhada, se aproximou do vosso pai e lhe falou alguma coisa aos ouvidos. Ele a escutou com atenção e em seguida, já de pé, virou-se para mim e disse, sem me encarar nos olhos, que Bárbara queria assistir à missa e, como estava chovendo, mandava pedir que ele fosse buscá-la de carro, pois Fausto estava viajando. Naquela hora, minhas filhas, e pela primeira vez, eu deixei de me enganar, e senti que alguma coisa, entre eles, estava realmente acontecendo. Voltaram-me então, sem que eu tivesse domínio, as palavras de tia Zilá, o passeio deles a cavalo, as poesias declamadas, as pastorinhas, e então segurei a sua mão, a prendi entre as minhas e pedi ao vosso pai que não fosse. Mas este, ainda com os olhos baixos, disse que não ficaria bem, seria deseducado se não atendesse, e foi saindo, enquanto tia Zilá, que não perdia nada, fuzilava-me com os olhos, o bispo começava a celebração, padre Olímpio ajudava, e Bárbara, quando vosso pai chegou, já estava esperando-o na porta. E, com a sombrinha aberta, foi até o carro buscá-lo e, dizendo-lhe que entrasse, pois queria acabar de se aprontar, deu a mão a ele, e dentro de casa — só estavam eles dois, pois dona Marisa havia saído, e Neide ficara na Catedral — ela ainda falou que não iria demorar, foi para o quarto e minutos depois — a radiola estava ligada —, o chamou. E quando o vosso pai perguntou o que era, ela, insinuando com a voz, na qual colocou todo o seu poder de sedução, disse, por favor, venha cá, e assim que ele foi até o seu quarto, ela lhe pediu que lhe subisse o zíper do seu vestido e, quando o vosso pai atendeu (Bárbara continuava de costas, olhando-o através do espelho), ela disse-lhe então, passando batom, e já com os olhos dentro dos seus, que havia ficado com saudade do passeio a cavalo e, virando-se, abraçou-o, e o vosso pai retribuiu, e ela, tomando a iniciativa, começou a beijá-lo, e ele também beijou a sua boca, o seu pescoço, os seus cabelos, e passou a língua nos seus ouvidos, e o vosso pai, ali mesmo, quis tirar o seu vestido, beijar os seus seios e deitar-se com ela. Então aquela mulher o empurrou, tornou a se recompor e sorriu, enquanto dizia, de um jeito provocador, que era uma pessoa de princípios e que jamais iria para a cama com um homem casado, a menos que... e parou por aí a frase. Minhas filhas, na igreja, eu não cabia em mim, e quando eles chegaram, e eu olhei para o vosso pai, e ele de novo abaixou os olhos, tendo Bárbara feito o mesmo, embora esse gesto não fosse do seu feitio, vi então que alguma coisa estava mesmo acontecendo. E de joelhos pedi à Virgem Maria que tivesse pena de mim e não deixasse que a minha família, pela qual tanto lutei, acabasse. Padre Olímpio, do altar, estava prestando atenção em tudo e, quando a missa acabou e todos haviam saído, nós ainda a levamos até a casa de Fausto, onde àquelas horas ainda não havia ninguém. Eu, já então, fazendo papel de palhaça. Estava apenas chuviscando. A noite era muito escura, e em silêncio chegamos aqui em casa, fomos direto para o quarto, vosso pai nem me disse boa noite, e até clarear o dia, eu não consegui pregar os olhos. Quando o sol nasceu, e os sabiás começaram a cantar, então tive certeza, e me abracei ao travesseiro, de que ele estava mesmo envolvido com aquela dama de longe, pela qual ficou tão transtornado, se perdeu tanto de nós, que coisa forte, encomendada, depois fiquei sabendo que foi. Mas aí já era tarde.

13

Assim chegou o réveillon. Mandei fazer um outro vestido, porém o vosso pai não ligou, e sequer disse alguma coisa, quando lhe perguntei se havia ficado bonito. E durante todo o dia, de trinta e um para primeiro, ele passou na rua, jogando baralho e bebendo. Só chegou em casa bem tarde, não jantou, mas me disse, como se desse uma ordem, que iria dormir um pouco e que eu o acordasse lá pelas dez, para irmos ao baile. E assim, minhas filhas, eu fiz. E foi com o coração aos pulos que o segui para aquela festa, já prevendo o que iria acontecer, pois a presença de Bárbara, na sua vida, já era um fato, do qual não tinha mais como fugir. Eu estava bem diferente daquela mulher que, o ano inteiro, passava esperando por aquele dia, quando, com o meu marido, dançava à vontade, sem que ninguém me ameaçasse.

Muita gente já havia chegado, mas a orquestra, vinda especialmente de Belo Horizonte, ainda não havia começado a tocar. Notei que o vosso pai estava irrequieto, olhava para os lados e mal cumprimentava as pessoas, com certeza porque ela ainda não havia aparecido. Então o convidei para dançar, pois na radiola estava tocando uma música de Dalva de Oliveira, a sua cantora preferida e que Bárbara, na casa de Fausto, havia imitado com perfeição. Mas ele, sem me dar a mínima atenção, disse que eu esperasse um pouco, pois iria buscar umas bebidas e também comprar cigarros. E foi assim, minhas filhas, sozinha, que a vi entrar no salão, de braços dados com Fausto, e *com o seu vestido de renda, de colo mui devassado*, que eu mesma havia lhe dado. Também doutor Astor, todo vestido de branco, e sem abandonar o cachimbo, os acompanhava. Só posso dizer que Bárbara estava linda, e ali, naquela hora, todos os olhares se voltaram para ela, que, fumando em uma piteira e sorrindo para todo mundo, mais parecia uma princesa, dessas de contos de fada. O vosso pai, quando a viu, parou de repente, a uns quatro passos de mim, e ficou hipnotizado, com um copo de cerveja na mão. Senti meu corpo tremer, quis me levantar, ir embora, mas aquela mulher, sempre com Fausto ao seu lado, veio em nossa direção, passou por vosso pai, o cumprimentou apenas com um leve abaixar de cabeça e, ao se aproximar de mim, me abraçou e ainda perguntou, como se nada estivesse acontecendo, como ela estava com o vestido que eu havia lhe dado. Das pessoas, ainda disse, só tenho recebido elogios. Nem sei o que respondi, mas me agarrei às mãos do vosso pai, enquanto ela e Fausto, de novo de braços dados, iam para uma mesa do outro lado do salão, na qual doutor Astor estava esperando. Várias pessoas vieram nos cumprimentar, mas o vosso pai, irrequieto, só estava com os olhos voltados para os lados daquela mulher que, de propósito, fingia ignorá-lo, deixando-o ainda mais aflito. Quem apareceu primeiro foi seu Pequeno, sempre com a máquina na mão e acompanhado por tia Zilá. Quis tirar uma foto minha, mas não deixei. Tia Zilá se assentou ao meu lado e, sem conseguir se conter, disse, referindo-se ao vestido, que não estava acreditando que eu havia lhe dado, submetendo a ela, que o havia feito, uma afronta daquelas. Não tive como responder, apenas levei a mão ao seu braço e apertei devagar, em um silencioso pedido de desculpas. Também veio Inês de Castro, uma ex-colega do colégio, mas se foi logo em seguida, de braços dados com o seu marido, que era advogado e usava uma bengala, devido a um acidente que havia sofrido quando ainda era estudante e caíra de um bonde em Belo Horizonte. Aquele homem, muito anos depois, acabou se tornando embaixador, e dele e de Inês nunca mais tive notícias. Só fiquei sabendo que haviam ido para a Alemanha. Depois seu Neco e dona Helena também vieram nos ver, e notei que, vez ou outra, preocupado, ele olhava para o outro lado, onde Fausto e Bárbara se encontravam. Uma roda se formava ao redor deles, e ela, como sempre, era o centro das atenções. Porém o vosso pai não dava conversa para ninguém, era como se estivesse enfeitiçado. Souza e Osmarinho também passaram por perto, e notei que seu Neco ficou preocupado, e ainda vi quando dona Helena, por debaixo da mesa, lhe passou o revólver, rapidamente tirado de dentro da bolsa e que ele, com igual habilidade, colocou na cintura. Em seguida acendeu um cigarro e permaneceu como estava, em silêncio. Que absurdo, dona Helena me disse aos ouvidos, deixar que tipos assim entrem no nosso clube. Eu lhe respondi que concordava e ia dizer mais alguma coisa quando a própria Bárbara, atravessando o salão, veio de novo à nossa mesa. Tinha um copo de uísque na mão e, toda gentil, sempre sorrindo, me disse, com a maior naturalidade, que iria roubar um pouquinho o meu marido, pois ouvira dizer que ele era um tremendo pé de valsa, como o próprio doutor Cabral.

E, sem me dar tempo para refletir, foi me entregando o seu copo, que como uma idiota recebi, e dando a mão ao vosso pai, logo estava com ele no meio do salão, já que a orquestra havia começado a tocar e muita gente já dançava. Me lembro que tocavam uma valsa, todos olhavam para eles, e o meu desconforto era tanto, e fiquei tão sem graça, que dona Helena, na hora, pediu licença para ir à toalete, ao que tia Zilá, pegando o meu braço, disse que, se fosse com ela, aquilo não ficaria por menos. Seu Pequeno, ao nosso lado, não dava uma palavra. Mas daí a uns minutos — eles só dançaram duas músicas — a própria Bárbara trazia vosso pai, que ainda a convidou para se assentar conosco; esta agradeceu e, dona de todos os olhares, voltou para a sua mesa, onde Fausto e doutor Astor a aguardavam sorrindo. Vosso pai, tentando consertar as coisas, me chamou para dançar, eu não aceitei, mas também já o maestro, pegando o microfone, disse que estava na hora e começou a contagem regressiva para a entrada do ano-novo, primeiro de janeiro de 1950, dia que, por mais que eu queira, não consigo tirar da lembrança, pois foi naquela data, no Clube Acaiaca, e na presença de toda a sociedade de Serra Dourada, que o vosso pai, ostensivamente, começou a me trocar por aquela dama de longe.

14

Minhas filhas, foi isso que aconteceu. Pouco depois champanhas eram estouradas, as pessoas se abraçavam, e Fausto e Bárbara — seu Neco e dona Helena saíram logo — vieram para a nossa mesa. Traziam serpentinas, que jogavam em todo mundo, nos cumprimentaram, e na hora que a orquestra começou a tocar *Cidade Maravilhosa*, Fausto levou a mão ao bolso, tirou um lenço, um frasco de lança--perfume e, ali mesmo, ele, Bárbara e o vosso pai começaram a cheirar, e em seguida os três, abraçados, foram para o meio do salão, que estava fervilhando. Mas Fausto, no instante seguinte, veio para perto de mim, convidou-me para dançar, o que recusei, e então ele, apontando para o vosso pai, que rodopiava, abraçado a Bárbara, disse com um sorriso irônico, é, Ângela, tem gente virando a cabeça do nosso moço... Eu, naquela hora, tive vontade de ir embora, ou então seguir o conselho de tia Zilá e fazer um escândalo, para que todos notassem o quanto eu estava sofrendo. Mas, mesmo em desvantagem, consegui manter a calma, enquanto eles dois, alvos de todos os olhares, dançavam à solta, como se fossem os donos da festa e do mundo. E ela, com o rosto colado ao dele, o provocava, dizendo que eu estava ali, e se ele se esquecera de que era um homem casado e pai de duas filhas. Mas vosso pai, fora de si, respondia, agora tentando beijá-la, que de uns tempos para cá só ela lhe interessava. Fausto, alguns minutos depois, aproximou-se outra vez dos dois, lhes ofereceu mais lança-perfume e, quase no mesmo instante, ali na vista de todos, Bárbara beijou o vosso pai. E então, minhas filhas, não suportando mais tanta humilhação, peguei a minha bolsa, ergui a cabeça e, quando ia saindo, já começando a chorar, do lugar onde estava ele veio correndo, segurou o meu braço e, exalando cheiro de lança-perfume e bebida, mandou que eu voltasse para a nossa mesa, pois quem determina a hora de ir embora sou eu. Meninas, naquele instante, fui tomada pelo ódio e dei-lhe uma bolsada na cara e lhe disse, enquanto saía, que se eu não lhe interessava mais, que ele pelo menos pensasse um pouco em vocês. E ainda pude ver que, do meio do salão, Fausto e Bárbara olhavam, doutor Astor sorria, enquanto eu e tia Zilá, sempre solidária comigo, íamos deixando aquele lugar, no qual nunca mais, nem depois que tudo voltou ao normal, eu pus os meus pés. Seu Pequeno também nos acompanhou e, na rua, muito nervoso, e meio tonto, disse que não estava entendendo o que se passava com o vosso pai, que tinha perdido a cabeça. Mas, ele, minhas filhas, ignorando tudo isso, continuou com aquela mulher, e no outro dia, aqui na cidade, era só sobre eles que se falava. E os dois, depois que os deixei, ainda beberam muito, cheiraram mais lança-perfume, e no final da noite, aceitando a um convite de Fausto, incentivado por doutor Astor, que nunca gostou do vosso pai, também foram para o Cabaret, onde então Bárbara, aos beijos e abraços com ele — ainda levaram parte da orquestra —, continuou a fazer das suas, como se nada mais lhe importasse. E com aquele vestido de renda, que eu lhe dera, cantou muitas músicas, deixou os homens enlouquecidos, e, quando começava a amanhecer, então ela própria, tomando a iniciativa, pegou o vosso pai pelas mãos e o levou para um dos quartos que, naquele lugar, servia como local de encontros.

E lá dentro, devagar, começou a tirar o seu paletó e sua camisa, enquanto lhe beijava a boca e, logo depois, já eram as mãos dele que desciam pelas suas pernas e tentavam tirar as suas roupas, e ele também lhe beijava a boca, os seios, os ouvidos, e a chamava de querida, e dizia que a amava, ao que ela, aos sussurros, respondia no mesmo tom, e quando eles, já nus, se deitaram, e o vosso pai, mais louco ainda, procurou pelo seu ventre, então aquela mulher, outra vez se recompondo — e colocando em prática o seu plano diabólico —, se enrolou em uma colcha e não deixou que ele a tocasse mais. Então o vosso pai, aos seus pés, só lhe perguntava o que era preciso que fizesse para ter o seu amor, e para que ela fosse inteiramente sua. Foi aí que Bárbara, soberba, e pelo demônio possuída, a ele respondeu, com um riso de desdém: se me queres de verdade, se me amas como falas, então diga à sua mulher que venha a mim e, despida do seu orgulho, me peça, me implore, para que eu durma com você.

15

Do CLUBE EU vim direto para casa. Mas não conseguia parar de chorar. E, mais uma vez, não preguei os olhos, e as cenas de pouco antes, na minha memória, voltavam como em um filme. Temi pela sorte de vocês, e estava em um estado lastimável quando, lá pelas nove, dez horas da manhã, do primeiro dia do ano de 1950, o carro de Fausto parou aqui em frente. E quando eu, ainda de camisola, abri a porta, pois sabia o que me esperava, o vosso pai, com o terno amarrotado e muito bêbado, começou a subir as escadas, só que amparado por Souza e também por Fausto, que, ao me ver, esboçou um sorriso, no qual só pude ver a ironia. O vosso pai falava coisas sem nexo, frases soltas e também chamava por Bárbara, enquanto eu, tentando me controlar, dizia-lhe que se acalmasse, pois eu estava do seu lado e nada iria lhe acontecer. Mas Fausto, depois que o colocamos na cama, aproveitou então para dizer que, caso eu precisasse de alguma coisa, ele estaria às ordens. E ainda completou, falando-me aos ouvidos: não se acanhe, Ângela... Eu o acompanhei até a porta e também agradeci a Souza, que havia nos ajudado e continuava a me olhar, sempre com aquele riso parado, que ninguém sabia o que queria dizer. Osmarinho estava esperando no carro e não tirava o cigarro da boca. E então, minhas filhas, assim que eles se foram, voltei depressa para o quarto, onde o vosso pai, estirado na cama, mais parecia um morto. Estava pálido, suava muito, e cheguei até a ter medo de que ele pudesse morrer mesmo, de tão parada que estava a sua respiração. O que fazer, meu Deus?, e comecei afrouxando-lhe o nó da gravata; em seguida, como uma louca, tirei os seus sapatos, as meias, a calça e a camisa, e o ajeitei direito na cama, com medo de que caísse. Mas ele continuava suando. E então, impotente para resolver sozinha a situação, fui até à casa de tia Zilá para pedir ajuda. E assim que bati à porta, ela mesma, e bem depressa, atendeu, e já foi dizendo, faço ideia como ele deve estar..., pois vi da janela quando o trouxeram. Eu então, fazendo-me de desentendida, respondi que ele estava bem e que só havia bebido um pouco a mais. Ângela, minha filha, não se engane, pois todos eles são assim e, mais dia, menos dia, acabam mostrando as suas garras. Então eu lhe disse que estava com medo, já que nunca o tinha visto naquele estado. É tudo por causa daquela vagabunda, com quem estou pensando em ter uma conversa, já que você não toma mesmo a iniciativa, disse tia Zilá, que em seguida foi à cozinha, pegou bicarbonato e sal, pôs água para ferver e fez um café bem forte. Agora encha copo e ponha o remédio, sem dó, ela disse, com toda autoridade de quem conhecia bem o assunto, já que seu Pequeno, durante anos, até entrar para uma religião, havia bebido muito. E, assentada na cama, coloquei a cabeça do vosso pai no meu colo, enquanto tia Zilá, abrindo a sua boca, primeiro fez com que ele tomasse aquele café horrível. Agora, rapidinho, porque ele vai vomitar, dê-lhe logo o bicarbonato... E assim que ela se foi, e eu limpei o vômito, pois nem é preciso dizer que ele sujou tudo, me assentei na cama, e em seguida, sem que me desse conta, comecei a passar a mão na sua cabeça, com ele já dormindo. E, na ponta dos pés, fui até ao quarto de vocês, que brincavam e nem podiam ainda imaginar o drama que, por aqueles tempos, eu estava vivendo.

16

Mas, minhas filhas, isso ainda não é nem a metade do que passei por ele, e se de novo estou aqui, é porque Deus me deu muita força. Vosso pai, quando acordou, estava abatido, virou-se de lado na cama e os seus olhos, bem de perto, se encontraram com os meus, que não conseguiram encará-lo. Fui então à cozinha e fiz um chá de boldo, mas ele se recusou a beber, fazendo um gesto com as mãos, já que nem falar estava conseguindo. E se levantou de repente, nem ao menos vestiu uma blusa, pois estava muito frio, e foi até ao quarto de vocês, que dormiam. E, pegando uma cadeira, e como se fosse um louco, dos tantos que existem por aqui, se assentou bem perto de suas camas e não sei por quanto tempo ficou assim, só ausente, até que, abraçando--as, ele começou a chorar e, nos dias seguintes, até tudo acontecer, foi se perdendo tanto de nós, que tudo aquilo, minhas filhas, de minha memória não sai, embora às vezes eu pense que nada existiu, e que toda esta história, que hoje estou lhes contando, não passou apenas de um sonho, vivido em noite ruim.

17

ALGUMAS SEMANAS depois, para piorar ainda mais a situação, aconteceu uma outra coisa, que nos deixou a todos abalados, e da qual até hoje me lembro com pavor e muita tristeza. Em uma noite, logo após o jantar, fomos surpreendidos por tia Zilá que, como uma louca e aos gritos, foi entrando casa adentro, dizendo que haviam matado seu Neco. Tomamos um grande susto, vosso pai levou as mãos ao rosto, ficou pálido, dei a ele um copo d'água com açúcar, também tomei, e então tia Zilá, com a voz trêmula, nos contou que com dois tiros no rosto, e com a mão direita arrancada, ele, que havia acabado de lançar a sua candidatura a prefeito, tinha sido baleado na saída para Mendanha, logo após se encontrar em um bar com seu Pequeno e um grupo de seresteiros, que estavam comemorando o aniversário de um deles.

Todo mundo está falando que isto é coisa de Fausto, disse tia Zilá, pois os empregados dele, aqueles tais de Souza e Osmarinho, não estão mais na cidade. O vosso pai, então, foi se levantando, colocou o paletó, tomou outro copo d'água e disse que iria até a casa de seu Neco, ver se podia ajudar em alguma coisa. Eu lhe falei que iria também e, quando chegamos lá, minhas filhas, o quadro era de dar dó, e a cena que vi jamais vou esquecer: Seu Neco, ainda todo sujo de sangue, estava estendido na mesa da sala, com os braços caídos e os olhos ainda abertos, como se não estivesse acreditando no que havia acontecido. Tinha o rosto desfigurado e uma de suas mãos, a que havia sido arrancada, a colocaram em cima do seu peito. As pessoas iam chegando; dona Helena, no quarto, estava abraçada aos filhos e, quando nos viu — e as suas mãos não paravam de tremer —, ela gritou, sem conseguir conter o desespero, vocês viram, viram o que Fausto fez com meu marido? Minhas filhas, nem vosso pai, nem eu, falamos nada, mas me abracei a ela, às crianças, e só quase uma hora depois, quando saímos daquele quarto, vimos então que haviam tirado o corpo de cima da mesa e, em um cômodo nos fundos da casa, estavam começando a lavá-lo. Uma mulher que era da família, dona Mirtes, que também morreu logo em seguida, e o seu marido, um sargento aposentado, é que haviam tomado as providências, enquanto uma das filhas deles, Deinha, passava o terno, com o qual seu Neco seria enterrado no dia seguinte. Ainda ficamos por lá algum tempo, conversando com um e outro, até que então o vosso pai — já estava ficando tarde —, após me chamar para irmos embora, disse, quando saímos, que eu fosse andando, pois ele iria até a Praça da Catedral, para ver se conseguia mais alguma informação. E além disso, ainda falou, mais tarde temos de voltar para o velório. Nos bares, dentro de todas as casas, nas rodinhas que se formavam no meio das ruas, era só sobre aquela morte que se falava, e a versão era uma só: Fausto havia sido o mandante, e o delegado, que iria chamá-lo para depor, também tinha despachado soldados atrás de Osmarinho e Souza, àquela altura já bem longe, talvez em direção aos garimpos da Mata, para onde, na ocasião, ia todo o tipo de desordeiros. Lá também, tempos depois, eles iriam se encontrar com o vosso pai, logo após esse nos deixar. A lua estava cheia, a noite muito bonita e, quando ele, depois que saímos da casa de seu Neco, ia voltando, e passou em frente à casa de Fausto, este estava na varanda e, como se nada tivesse acontecido, fumava um charuto e tomava suco de laranja. Só raramente ele bebia álcool. Sua mãe, que lhe fazia companhia, estava tricotando. Era ela, também, que lhe cortava os cabelos, lia os jornais para ele e lavava as suas roupas. Bárbara, certamente, devia estar lá dentro. Ao vê-lo, Fausto se levantou, deixou o charuto na mesinha e, chamando-o, perguntou, como se de nada soubesse, que havia ouvido falar do acontecido com seu Neco. Porém vosso pai, que a princípio ficou em silêncio, em seguida não se conteve e disse-lhe que, nas ruas, todos estavam comentando que o responsável por aquela tragédia era ele. Comentando? Quem está comentando...? E, quando, minhas filhas, o vosso pai ia saindo, então dona Marisa levantou-se de repente e, deixando de lado o tricô, apenas disse, como se fizesse uma confissão, e com as mãos nas mãos do filho: é nisso que dá, meu amigo, bater na cara de homem, fazendo uma referência a um tapa que, dias antes, após uma discussão no Cabaret de dona Vanda, seu Neco havia dado em Fausto, que ali, na vista de todos, tinha jurado vingança. Seu pai não disse palavra, pois bater na cara dos outros, se ainda hoje é complicado, imagine vocês naquele tempo... Ele então apenas olhou para eles e, quando abriu o portão e ia saindo, viu ainda quando Bárbara, vestida com um roupão vermelho, e com ares de quem estivera dormindo, apareceu na varanda. Apenas trocaram um olhar, e no outro dia nós fomos ao enterro de seu Neco, e aqui na cidade, onde ele era muito querido, o comércio fechou as portas, todos os sinos tocaram e até o bispo, Dom Osias, que tempos depois acabou virando cardeal, e foi viver em Salvador, acompanhou o enterro e lá no cemitério, emocionando a todos, fez as orações finais e falou muito bonito em nome da paz, que precisava voltar a nossa cidade. Souza e Osmarinho, como era de se esperar, não foram encontrados, nunca provaram nada contra eles e nem contra Fausto que, instruído por doutor Astor, continuou levando a vida de sempre. Quanto ao vosso pai, também por aqueles tempos, não conseguia tirar Bárbara da cabeça; e nem ela o deixava em paz, embora a ele não se entregasse. Ela tornou a vir aqui na nossa casa, falou a Marieta que precisava me ver, mas mandei dizer que não estava e que fizesse o favor de não me procurar mais. Só de pensar nela, no vestido que eu lhe havia dado — e em como estava expondo-me ao ridículo na cidade —, crescia em mim um ódio e uma vontade de que fosse embora e me deixasse novamente em paz. Mas aquela mulher, minhas filhas, longe de voltar para Belo Horizonte, continuava por aqui, a infernizar a minha vida. Também por aqueles tempos, deixando o vosso pai ainda mais desesperado, veio a notícia de que estavam mandando queimar o café, porque tinha excesso de produção, o que fazia seu preço despencar no mercado. E algumas centenas de sacas, além de um resto de gado, esta casa e a fazenda, eram as únicas coisas que ainda nos restavam, e Fausto, aproveitando-se da situação, voltou a cobrar dele, a dobrar os juros da dívida e a insistir que precisava do dinheiro. Veio também aqui em casa, eu não apareci na sala, mandei que Marieta servisse o café, mas, atrás da porta, ouvi quando ele disse ao vosso pai, já com a voz alterada, que, se este não lhe pagasse dentro do novo prazo, que em consideração ele havia lhe dado, este então seria obrigado, como havia feito com a viúva de seu Neco, a ficar com a nossa fazenda. Você, então, o vosso pai lhe disse, terá também de me matar, já que é só assim que costuma resolver as suas questões. Ao que este, com um sorriso cínico, disse ainda, conosco, meu mano, as coisas são diferentes, pois afinal de contas ainda somos parentes. E foi embora, e por muitos e muitos dias não se voltou a tocar naquele assunto, enquanto em substituição ao marido, dona Helena, que daí a alguns meses seria eleita com uma grande votação, a maior que já existiu por aqui, lançava sua candidatura a prefeita de Serra Dourada. Eu fui uma de suas eleitoras e a ajudei a ganhar.

18

E AS COISAS caminhavam. Procurei padre Olímpio, com ele me confessei, pedi conselhos, e continuava a fazer tudo para manter o meu casamento e a família unida, até que, em uma manhã, o vosso pai me disse que queria que eu fosse até a fazenda com ele, aonde, desde a nossa ida para lá com Bárbara e Fausto, eu ainda não tinha voltado. Fomos a pé, como fazíamos no início do nosso casamento, quando ainda tudo ia bem e a vida parecia sem problemas. Também havia chovido forte, o rio estava cheio, as águas barrentas, e para o poço grande, assim que cruzamos a velha ponte de madeira, construída ainda na época da escravidão, o vosso pai ficou olhando. Os redemoinhos estavam fortes. E ele o fazia de uma maneira estranha, com um olhar parado e a boca meio aberta, como se não estivesse ali. Adiante, nas margens do rio, vimos um porco morto, que exalava um cheiro horrível, e mais para a frente, com uma varinha de bambu, um menino, que eu não conhecia, tentava pescar uns mandis. Perto dele, um cachorrinho, amarelo e magro, parecia montar guarda e tinha o nariz empinado, como se cheirasse o vento. Daí a pouco, antes mesmo de entrarmos na casa, quando ainda estávamos no terreiro, perto dos bambuzais, o vosso pai, de repente, segurou as minhas mãos e, me olhando dentro dos olhos, disse, Ângela, eu estou perdido. Então, minhas filhas, segurando também as suas, lhe perguntei por quê, e confesso que, naquela hora, nem me lembrei de Bárbara, com a qual, na noite passada, eu havia sonhado, e nós duas, juntas, havíamos ido passear em Biribiri, onde tomamos banho de cachoeira e comemos cajus apanhados nos pés, os quais, segundo diziam, haviam sido plantados pelo próprio Joaquim Felício dos Santos, fundador do povoado. Porém, ele, no mesmo instante, soltando as suas mãos e levando-as ao rosto, e muito pálido, me disse que não, não era por causa da dívida, mas muito pior do que isso, porque, Ângela, por Bárbara, eu estou apaixonado. Naquela hora, embora eu já soubesse, mas sem ainda ouvir de sua própria boca, um buraco grande se abriu e dentro dele me vi, sem saber o que fazer. Parece que tudo havia perdido o sentido e o viver, para mim, já não tivesse o menor valor. Meu amor, então é mesmo verdade?, e, sem controle, comecei a chorar, ao mesmo tempo em que um mal-estar invadia o meu corpo, que parecia querer explodir. Angela, não está em mim, e nela não posso deixar de pensar. Então, minhas vistas turvaram, faltou jogo nos meus braços, senti dormência nas pernas, minha boca secou. O ar fugiu da garganta. E em seguida o vosso pai me agarrou pelos braços; seus olhos, muito vermelhos, estavam vidrados, e eu tive medo de que alguma coisa acontecesse. Ângela, você me ama?, ele aos gritos perguntou, como se o demônio, naquela hora, no seu corpo houvesse entrado, pois ele falava de uma maneira esquisita, com uma voz fanhosa e seu queixo tremia. Temi que sentisse um ataque. Da janela, dona Francisca e seu Joaquim, sem saber o que estava acontecendo, presenciavam em silêncio aquela cena, e nem de longe podiam imaginar o que tudo aquilo significava. Meu amor, você é tudo o que eu tenho na vida, lhe respondi. Então, por mim, e pela força desse amor, ele disse, peça a Bárbara, te imploro, que aceite dormir comigo. Bambearam minhas pernas, as vistas me fugiram, e ali mesmo, sem que me desse conta, perdi os sentidos e desabei no chão. E não sei quanto tempo depois, quando voltei a mim, e estava deitada em uma cama, com dona Francisca ao meu lado, a primeira coisa que eu quis saber foi onde ele estava. Porém neste mesmo instante, o neto dela, Roberval, entrou no quarto aos gritos, dizendo que o patrão havia pulado no poço e que estava morrendo afogado. Minhas filhas, de um impulso, saltei daquela cama, e assim mesmo, descalça e descabelada, eu saí correndo, e também aos gritos disse ao menino que fosse até ao curral e pegasse o laço, pois na hora me lembrei de que ele não sabia nadar. Também vi quando seu Joaquim, já sem camisa, se atirava ao poço, na tentativa de salvá-lo. Meu Deus!, serão duas mortes!, pensei. O Jequitinhonha estava cheio, eu gritava, e daí a alguns segundos, que pareceram eternos, duas cabeças, de repente, surgiram das profundezas do poço, em meio aos juncos, para, logo em seguida, voltarem a desaparecer entre as ramagens e naquela água barrenta e cheia de redemoinhos. Então peguei o laço das mãos de Roberval, que estava tremendo, e em seguida, quando do outro lado da margem, e meio abraçados, eles surgiram, eu lhes atirei aquela corda, que de todo jeito seu Joaquim começou a tentar agarrar, enquanto com a outra mão segurava o vosso pai pelos cabelos. Os redemoinhos estavam fortes, parece que o rio enchia cada vez mais, os dois davam voltas e mais voltas no meio do poço, e demorou muito até que seu Joaquim, que, apesar de já estar velho era muito forte, conseguisse segurar o laço. Quando finalmente conseguimos trazê-los até a margem, o vaqueiro arquejava, e o vosso pai, desfalecido, não fazia nenhum movimento, de tanta água que havia bebido. Meu amor, meu amor... e ali mesmo, na grama, apavorada, fiz respiração boca a boca, como havia aprendido no colégio, bati no seu rosto, o virei de barriga para baixo e tentei de tudo, até que ele, aos poucos, depois de vomitar muito, começou a voltar a si. E então, ali na fazenda, naquela hora, eu tomei a decisão e resolvi, mesmo contra todos os meus princípios, mas em nome do meu amor por ele, procurar *aquela mulher do demo*, para que ela, com o seu feitiço, a ira do vosso pai aplacasse.

19

Sim, minhas filhas, podem nisto acreditar. Pois foi assim que aconteceu: era um dia nublado, que nunca mais saiu de minha memória, embora eu tenha tentado esquecê-lo. Passei batom, pó de arroz, laquê nos cabelos, e coloquei o meu vestido preto, parecido com o que eu usara muitos anos antes, no dia do enterro do meu pai, quando ele se suicidou e eu, pela primeira vez, pude saber o que era a dor e as marcas que uma morte pode deixar dentro da gente. Também coloquei o véu, os brincos de coco e ouro, e os meus sapatos mais bonitos, pois não queria que como um traste ela me visse. Embora no íntimo eu estivesse muito pior do que isso. Vosso pai, enquanto eu me arrumava, não disse nenhuma palavra, mas só ficou se mirando no espelho, como se buscasse a si próprio, ou tentasse encontrar algo, que nem mesmo ele sabia o que era. Não posso fraquejar, pensei. E todas as minhas forças, surgidas não sei de onde, começaram a chegar, como se uma coisa, muito forte, naquela hora estivesse se apoderando de mim e dizendo, vá em frente, você pode. E calma, surpreendendo a mim mesma, eu estava, quando, com a bolsa na mão, e após apertar esta medalhinha de Nossa Senhora Aparecida, que nunca saiu do meu peito, eu disse a ele, estou pronta! Angela...!, só assim ele falou. Então, minhas filhas, nós começamos a subir essa rua. Tudo parecia diferente, mais claro; o sol quase já havia ido, e coisas que antes eu nunca tinha reparado, passei a vê-las mais plenas, bonitas e cheias de vida. Vi tia Zilá, que me olhou de um outro modo; ela que de tudo já sabia, mas que, naquela hora, nenhuma palavra disse. As gaiolas na casa de seu Tarcísio, o homem que também consertava relógios: os talinhos de madeira, a delicadeza dos desenhos, e que com mãos de mestre ele ia fabricando, fora os naviozinhos, que também fazia e todos os sábados ia vender no mercado. Olhei a calçada, as pedras grandes, compactas, todas cuidadosamente colocadas ali, uma a uma, e a maioria delas, talvez, ainda do tempo dos escravos, quando também eles, às vezes debaixo de açoite, subiam e desciam essas ladeiras. E pensei no negro Isidoro, na sua rebeldia, lutando por sua gente, e no seu corpo todo lanhado, sendo arrastado por estas ruas entre dores e humilhações, como eu também estava passando. Foi um antepassado nosso, o intendente Câmara, na época contratador de diamantes, que deixou, depois de preso, que o torturassem até a morte. Por nós cruzou um cachorro, o Rex, de seu Otávio, e dele não senti raiva; ele que, de vez em quando, costumava matar as minhas galinhas. O céu estava azul, de uma beleza que eu não sabia, e lá pelos fundos do Serro, como uma pontinha d'unha, a lua começava a surgir. Ela é nova, pensei. E o pico do Itambé, completando a cena, se destacava demais e, olhando para ele, que se perdia no azul, pensei nos meus tempos de menina, quando uma de minhas maiores vontades era de um dia poder escalá-lo e de lá enxergar o mundo, como assim se dizia. Naqueles instantes, de tanta clareza, lhes juro que nem me lembrei que, ao meu lado, caminhava um homem, o vosso pai, e que eu estava indo, levando-o para uma outra mulher. Mas quando, de repente, esta certeza voltou, então eu quis fraquejar. Porém me mantive firme, e só me lembrava, é esquisito, dos tempos da minha infância, e também de umas pedras pretas, as itaúnas, que existiam lá no Grão-Mogol, pelos lados da fazenda do meu avô, de quem eu gostava demais e que vocês, pequenas ainda, chegaram a conhecer, na viagem que para lá fizemos. Pensei também naquele homem, o boiadeiro de Pirapora, e do sonho que uma vez tive com ele, quando nós dois estávamos de mãos dadas e com as roupas da mesma cor, andando aqui pelas ruas. Seja forte, Ângela, não fraqueje, a mim mesma eu dizia, e de vez em quando, no peito, a medalhinha apertava. Era como no dia do enterro do meu pai, quando a minha primeira família começou a desabar, já que daí a uns tempos minha mãe sumiu no mundo, fui morar com meus avós, e nunca mais tive notícias dela, sendo esta uma das coisas que mais doem no meu coração. Mas continuamos. O vosso pai, como já disse, estava de preto, e no bolso do paletó, no lado esquerdo, havia colocado uma flor vermelha, que do nosso jardim apanhou. Então lhe dei a mão e notei que elas tremiam, suavam, e os seus dedos, de tão frios, pareciam de gente morta. Um pavor me invadiu, bambeei as pernas, e senti que o sangue, por uns instantes, começou a me fugir. Aguente firme, Ângela, aguente, só nisso eu pensava, pois você tem duas filhas e elas precisam do seu amor. De frente ao seminário, no bar de sempre, Fausto e mais algumas pessoas que não reconheci, estavam jogando baralho, e, quando por lá passamos, fingindo abaixar a cabeça, vi quando ele sorriu, pois de certo já sabia o que eu estava indo fazer. Padre Olímpio, de chapéu preto e de batina, passou por nós montado em um cavalo e nos disse, muito sem graça, que estava indo à Guinda ministrar uma extrema-unção. É em um anjinho... ainda disse, tentando se justificar. Mas de certo também já sabia do tamanho do pecado que eu estava prestes a cometer. Quando deixamos para trás o Largo Dom João e começamos a descer a rua onde ficava a casa de Fausto, na qual Bárbara estava hospedada, o vosso pai parou de repente, se escorou em um poste, passou a mão na cabeça, piscou várias vezes, e parece que quis me dizer alguma coisa. Mas continuamos em silêncio. Meu Deus, o que eu estou indo fazer?, só nisso, e em mais nada, eu pensava. Todas as pessoas nos olhavam, até os meninos pequenos, fora as mulheres e os homens, que estavam em cochichos pelos cantos. E nos seus rostos eu notava um misto de maldade e dó, pois aqueles ali também já sabiam do drama que eu estava vivendo: uma mulher que ia ser trocada por uma dama de longe. Vosso pai, de uma vez, apertou a minha mão, e ali, no meio da rua, ele começou a querer chorar. Calma, seja homem, eu lhe disse, pois estamos quase chegando, e logo tudo o que você escolheu será feito. Mas vi que, pelo seu rosto, duas lágrimas escorriam. Meu amor, não fique assim, me dê sua força, eu preciso, assim ainda lhe falei, embora a minha vontade fosse a de, ali mesmo, pedir a ele que voltássemos para a nossa casa, e que ele não me trocasse por aquela mulher, que com a minha vida estava acabando. Passamos em frente ao laboratório de seu Pequeno, este nos olhou, não disse nada, mas também não saiu da porta, só balançando a cabeça, em sinal de reprovação. E a mão do vosso pai eu apertei, quando finalmente paramos em frente à casa de Fausto. É aqui, meu Deus, que começa o meu inferno. Dona Marisa, por um acaso, foi chegando à janela e, quando nos viu, depressa tratou de sumir. Muito tempo depois, quando tudo se resolveu, me confessou que fez aquilo por vergonha. Minhas filhas, o suor escorria do rosto do vosso pai, todo o seu corpo tremia, seu queixo estava batendo, e cheguei a temer, juro a vocês, que ele sofresse alguma coisa. Meu amor, não fique assim, não sei como lhe falei. E, reunindo todas as minhas forças, bati de vez naquela porta. Uma, duas, três vezes, mas nunca ninguém atendia. E eu pedia à morte que me livrasse daquilo, e que ali, naquele instante, um raio me fulminasse. Mas aí, de lá de dentro, ouvi um baixinho já vou. Era Neide, a empregada, que há muitos anos morava ali, dona Marisa tratava como filha, e alguns, os mais velhos, em conversas íntimas, chegavam a dizer que ela era filha do seu finado marido, com uma mulher estranha, que também uma vez apareceu por aqui. Vosso pai não olhava para mim. E ajeitei a flor na sua lapela, enquanto meu rosto com o véu negro cobria, bem igualzinho como eu fizera ao me despedir do meu pai. Neide, por favor, fale à Bárbara que aqui e agora nós a estamos esperando. Começava a escurecer. E então eu disse ao vosso pai, vamos ficar lá fora, no meio da rua, pois dona Marisa não merece ver isto que iremos fazer. Minhas filhas, daí a pouco, abrindo a porta devagarinho, Bárbara veio aparecendo, e estava com aquele vestido, que de presente eu lhe dera, e ele *mais mostrava que escondia as partes da pecadora. Olhei para vosso pai, os olhos dele pediam. Olhei para a dona ruim, os olhos dela gozavam.* Ela, lá em cima na escada, eu, cá embaixo, aos seus pés, e comigo aquele homem, que ali não era nada. Entrem, ela disse, já muito senhora de si. Dentro da casa, não, só assim lhe respondi; mas vamos ali na pracinha. Naquela hora, perdendo por uns instantes a pose, notei que ficou embaraçada, e hoje penso que não acreditava que eu tivesse coragem de fazer aquilo. Me esperem um pouco, então disse, vou lá dentro me trocar, pois eu estava só experimentando de novo o vestido que você própria me deu. Bárbara, lhe falei, eu lhe peço, fique assim, pois ele está bem em você. O vosso pai, ao meu lado, não parava de suar, e então ela, bem devagar, foi descendo a escada, e já na rua, e em silêncio, começamos a andar. A pracinha, para onde fomos, não ficava longe, mas antes passamos em frente ao bar, onde Fausto e os seus amigos continuavam jogando. Este, ao nos ver, abaixou a cabeça, mas ficou nos olhando, e então em um pequeno banco, debaixo do velho pé de cedro, que existe até hoje, nós três nos assentamos. Bárbara, eu lhe disse, o meu marido vos trago, e vos rogo, vos imploro, que aplaque a sua ira e aceite dormir com ele. *Olhei para a dona ruim, os olhos dela gozavam. Olhei para vosso pai, os olhos dele pediam.* Ângela, que orgulho é este? Não foi você que me disse que acreditava no amor? Eu quis que a morte chegasse. E pensei, tive medo, de não suportar tanta dor. Acreditava, não, acredito, e é por ter certeza disto, que tomei esta decisão. *Eu não amo teu marido, me falou ela se rindo, mas posso ficar com ele, se a senhora fizer gosto.* Notei que estava nervosa, pois um risco de suor, também do seu rosto escorria. Olhei para ela de novo, e os seus olhos brilhavam. A respiração estava presa, e o volume dos seus seios, parece que havia aumentado, tornando-os ainda mais belos. Não foi você, senhora de si, que me afirmou, com todas letras, que ele nunca iria deixá-la, por tudo neste mundo...? Bárbara, por favor... com um fio de voz lhe falei. Ela então se levantou, olhou para mim, também para o vosso pai, e completou *não por mim, não quero homem*, porque deles já me cansei, mas posso ficar com esse, *só pra lhe satisfazer... Eu fiz meu pelo-sinal, me curvei... disse que sim.* Ela passou as mãos no vestido; sorriu, um risinho de mofa, e eu então fui saindo, enquanto deixava o vosso pai nos braços da pecadora.

20

Os dois continuaram juntos no banco, eu desci a rua, não olhei para trás e *saí pensando na morte, mas a morte não chegava.* A primeira estrela surgiu, o vento começava a soprar, e eles, por uns minutos, ficaram em silêncio, assentados um ao lado do outro, até que o vosso pai, com a voz trêmula, tentou dizer que a amava e quis pegar na sua mão, ao que ela com um gesto brusco recusou. Sua respiração continuava presa, seus lábios se afinaram e as palavras finalmente saíram, a princípio pausadas, com dificuldade, quando então, olhando-o nos olhos, ela perguntou: você tem certeza, Ulisses, de que é isto mesmo que deseja, e sabe o passo que está dando? Ao que ele, outra vez buscando a sua mão, e de novo não a encontrando, disse, Bárbara, desde o dia em que te vi, comecei a amá-la. Então ela, agora aceitando, não uma, mas as suas duas mãos, e as entrelaçando entre seus dedos, ainda falou, você sabe o quanto a sua mulher te ama? Tem ideia do que é isto que acabou de fazer? Do sofrimento que foi para ela dar este passo? Bárbara, minhas filhas, naquele instante, não queria acreditar que vivia tal situação, que ela mesma havia criado, e não posso deixar de reconhecer que, naquele momento, um pouco de dignidade teve. Mas vosso pai, cobrindo-a de beijos, lhe jurou que por mim já não sentia mais nada. Então aquela mulher, que ainda não sentia amor por ele, mas apenas desejo, de novo se recompôs, acendeu um cigarro e, voltando a ser a mesma de sempre, impetuosa e dona de suas vontades, de uma vez se levantou. Ajeitou o vestido, os cabelos e, ao vosso pai se abraçando, lhe disse que precisava então se aprontar, pois muito tinham o que fazer.

21

E FOI ASSIM, minhas filhas, que as coisas aconteceram. E o vosso pai e Bárbara, nas horas seguintes, depois de irem ao Cabaré, onde se mostraram para todo o mundo e beberam muito, além de dizerem a uma surpresa dona Vanda que se amavam, e que iriam viver juntos, chegaram por fim à fazenda, pois é lá, ela disse, que eu quero passar a minha primeira noite de amor com você. E à dona Chica, que sempre foi fiel a mim e não queria arranjar a cama para eles, vosso pai ameaçou mandar embora, pois o dono aqui sou eu, e você e o seu marido não passam de empregados. E o resto daquela noite, entre lençóis e colchas macias, muitas bordadas por mim, ou por tia Zilá, eles ficaram se amando, tomando vinho e fazendo planos de irem embora pra longe, pois esta cidade, disse o vosso pai, já está pequena para nós. Porém, ali na fazenda, andando a cavalo, tomando banhos no rio, indo passear na gruta, e também vindo aqui à cidade, onde desfilavam de mãos dadas, afrontando a todo mundo, eles ainda ficaram algum tempo. Período, porém, mais do que suficiente para ele, a troco de quase nada, entregar o resto do gado àquele mesmo homem de Pirapora, que soube aproveitar o momento, hipotecar a fazenda a Fausto, que ainda lhe emprestou mais dinheiro, e também para planejar a viagem, que daí a alguns dias eles começariam a fazer, já que tentar a sorte nos garimpos, da Mata ou do Mato Grosso, era um antigo sonho que ele sempre teve, mas que por minha causa, não se cansou de repetir, não tinha como realizar. Agora, porém, o caminho estava aberto, e ela, aquela mulher aventureira, disposta a segui-lo com ele.

22

Quanto a mim, nas semanas seguintes, depois de ter caído em prostração, e de haver ficado vários dias deitada, além de não ligar para vocês, que não paravam de perguntar por ele, vi que a minha situação, como estava, não podia continuar, pois senão, o melhor mesmo seria eu fazer como o meu pai que, quando não achou outra saída, acabou arrebentando a cabeça com um tiro, cujo estampido, até hoje, continua ecoando nos meus ouvidos, eu que, naquela época, não tinha mais do que seis anos. Mas algum tempo depois, vendo que a vida precisava continuar, pois eu tinha vocês para criar, tomei então uma decisão: me levantei, penteei os cabelos, vesti uma roupa bem clara e fui procurar três pessoas, que talvez pudessem fazer alguma coisa por mim. Só que todas, em vão, com ele já haviam conversado, tentando demovê-lo do que estava fazendo: padre Olímpio, seu Pequeno e a vossa avó que, embora não gostasse de mim, era a sua mãe e julgava ainda ter responsabilidades sobre ele. Assim disposta, saí de casa e, andando pelas ruas, de novo todos me olhavam. Até pêsames cheguei a receber de um antigo conhecido: um homem simples, já mais velho, cego de um olho e que, alguns anos antes, havia trabalhado para nós, quando o seu pai, não sei por quê, inventou de arranjar uma plantação de pimenta, que acabou não dando nada além de muito prejuízo. Então ele, sempre muito educado, tirou o chapéu e me disse: meus sentimentos, madame. Era como se, aqui na nossa casa, alguém houvesse morrido. É inacreditável, foi o que disse seu Pequeno, enquanto examinava, à luz do sol, os negativos de um filme, dizendo-me também que já havia falado com ele, mas que o vosso pai não ouvia ninguém, pois estava louco varrido. Parece que alguém pôs feitiço, ainda disse. Contou-me também que, a maioria do tempo, quando não estavam na fazenda, ele e Bárbara ficavam, ou nos bares do mercado, ou então no Cabaret de dona Vanda, sempre bebendo, ouvindo música e jogando baralho. Até um quarto chegaram a alugar. Ontem mesmo, seu Pequeno ainda completou, passaram aqui e pediram que eu tirasse vários retratos deles, para que pudessem guardar de lembrança. Minhas filhas, aquela conversa me deixou arrasada. E se me encontrar com eles por essas ruas, meu Deus, o que é que eu vou fazer?, nisso também eu pensava, enquanto ia para a casa da vossa avó, que estava, como sempre, à porta, assentada na sua cadeira de palhinha e, ao me ver, se levantou de repente e, jogando na minha cara, disse que só mesmo eu, uma Barbalho, para deixar que ela e sua família, gente de linha e tradição, passasse por uma humilhação daquelas. Minhas filhas, naquela hora, vi a bobagem que havia feito, indo até ali procurá-la, e então, sem nem mesmo tendo sido convidada para entrar, fui obrigada a ouvi-la. E ela, como uma possessa, ainda disse, enquanto cuspia no chão e passava o pé por cima, como era seu costume, que só eu mesma, uma roceirazinha, para deixar que uma qualquer, mais desqualificada ainda do que eu, roubasse o seu filho, que estava andando pelas ruas com aquela megera e dando espetáculos para o povo, como um palhaço de circo. Minhas filhas, a vossa avó destilava, ali, todo o ódio e desprezo que, durante toda a vida, sempre nutriu por mim e pela minha família, que de resto nunca foi assim tão inferior à sua. E ainda me disse que o vosso pai tinha lhe falado que, dali por diante, só iria fazer o que lhe desse na cabeça. E, muito irônica, ela ainda jogou na minha cara, assim com um meio sorriso de mofa: sabe que até violão ele já comprou e está deixando crescer as unhas, para ajudar no dedilho? Sem aguentar mais, a deixei ali sozinha, falando, falando como uma louca, e então fui para a igreja, onde padre Olímpio estava atendendo confissões, como fazia todos os dias. Só há pouco tempo, devido à idade, foi que ele parou. Entrei na fila, tirei o meu véu da bolsa, com ele cobri a cabeça e, quando chegou a minha vez, depois de fazer o pelo-sinal, eu lhe disse que estava ali não só como uma cristã, pessoa temente a Deus e ao Divino Espírito Santo, mas também como uma amiga, e que ele por favor me ajudasse, pois eu já não estava aguentando mais o peso de tanta humilhação. Então ele me disse — sua voz estava pausada e ele media as palavras — que uma ferida daquelas era só o tempo que conseguia cicatrizar, e que, se eu de verdade amasse o vosso pai, como ele acreditava que sim, pois sabia da nossa história, então que tivesse calma, porque um dia, como ele se foi, com certeza iria voltar, arrependido de todos os desatinos que pudesse ter cometido. E falou também que eu não me precipitasse, não fizesse nenhuma bobagem e que, sobretudo, não desse espetáculos na rua, pois é isso que o povo quer. A fila, no confessionário, estava grande; aos cochichos, todas as mulheres me olhavam, e então, mais uma vez, eu fiz o pelo-sinal e me levantei devagar. Dali saí, voltei para casa, mas sem querer me enganar, pois sabia que já estava mesmo trocada por aquela dama de longe, e que, para recuperar o meu amor e ser de novo feliz, por muitas e muitas coisas eu teria de passar. Mas, outra vez lhes peço, que com essa conversa paremos, pois está ficando tarde, e ele não demora a chegar. Além do mais, passos na escada já ouço. Não? Querem que eu continue? Então, meninas, escutem.

23

Poucas semanas depois do que acabei de lhes contar, ele veio aqui e, sem dizer uma palavra, começou a tirar as suas coisas do guarda-roupa: as melhores calças, camisas, blusas, isso sem tocar nas peças velhas, que já não lhe interessavam, ou só eram usadas nos serviços da fazenda. Assentada na cama, também em silêncio, mas ao coração agarrada, eu estava confusa, porém mantive o orgulho e permaneci de lábios cerrados, embora a vontade fosse chorar, ou fazer qualquer outra coisa que me livrasse daquela situação. Mas vosso pai foi embora. E se perdeu tanto de nós, indo para a dama de longe, que de mim, Ângela Barbalho, o amor estava roubando. Partiu, não disse para onde, só restando um abismo, difícil de preencher, e a lembrança daquele amor, que custou muito a voltar. Foram para os garimpos da Mata, e de lá ele disse que vão para o Mato Grosso, em busca dos diamantes, assim tia Zilá falou; ela, que de tudo sabia. E outra vez, minhas filhas, me deixei abater, e alguns chegaram a achar, não sem uma certa razão, que eu estava louca, como muitos que existiram, e ainda existem por aqui, vagam por estas ruas, ou então vivem nas grutas, quando não são mandados para o hospício de Barbacena, de onde a maioria jamais volta. E no dia seguinte à partida deles, eu me levantei bem cedo e a esmo, sem saber o que estava fazendo, comecei a andar por estas ruas e estes becos, tropeçando nas pedras e machucando os meus pés, nos quais se abriam lanhos. *Eu só pensava na morte, mas a morte não chegava*, e, não sei por quê, outra vez me veio à cabeça a lembrança do escravo Isidoro, que depois de preso, acorrentado e debaixo de chibatadas, que lhe cortavam as carnes, foi arrastado por estas ladeiras e estes becos, sem que ninguém o ajudasse. Então fui ao Colégio Nossa Senhora das Dores, onde eu havia estudado, e foi lá, apresentada por Fausto, que fiquei conhecendo o vosso pai, pouco antes de me formar. Assim como cheguei, fui entrando, e aos gritos, ignorando o porteiro, que quis me barrar, comecei a chamar pela irmã Leonora, que era a madre superiora de minha época; ela, vocês nem imaginam, que há quase vinte anos já havia morrido. E também gritei por Leonete, uma das regentes, que um dia, no banheiro, me passou às escondidas um bilhete do vosso pai, no qual ele dizia que queria conversar comigo, e que eu desse um jeito de me externar no final de semana. Eu estava totalmente fora de mim; então, uma velha irmã, Dulcineia, que ainda era do meu tempo, e de todo o meu drama já sabia, como de resto todo mundo, quis me trazer para casa, após fazer com que eu tomasse um comprimido, misturado em um copo d´água com açúcar. Mas só em vosso pai eu pensava; ele que, àquelas horas, com a moça Bárbara, já estava muito longe, em direção aos tais garimpos da Mata, que eu nem sabia onde ficavam, ou então do Mato Grosso, de onde somente ouvira falar. Partiram de carro baixo... disse tia Zilá... ouvi dizer que a moça levou quatro malas, fora chapéus e frasqueiras... Meus cabelos estavam soltos, desgrenhados: *andei pelas cinco ruas, passei ponte, passei rio*, e lá perto do canal, onde cai todo o esgoto da cidade, eu pisei naquela sujeira. *E só pensava na morte*, e também na moça Bárbara, que o meu amor havia levado. E não sei como, minhas filhas, e assim do jeito que estava, outra vez fui parar na casa da vossa avó. Ângela Barbalho, tenha postura, só isso ela disse, e da cadeira onde estava, nem sequer se levantou, como também não deixou a agulha, com a qual tricotava uma renda, das que fazia para a igreja e as quais, ainda hoje, continuam adornando o altar. Dali também saí, e ainda passei no Beco do Mota, onde moravam as mulheres, e, ao tentar entrar no Cabaret, me lembro que tropecei em um degrau, sendo amparada por dona Vanda, que depois de me acalmar e fazer com que eu tomasse um copo d'água, não deixou que eu entrasse, e pediu ao Oscarzinho, que era o seu motorista, que aqui em casa me trouxesse. E, ao me abraçar, os seus olhos — e disso nunca vou me esquecer — se umedeceram, enquanto ela me dizia que eu não me desesperasse porque, na vida, para tudo Deus dava um jeito. Já vivi coisas piores, ainda disse, passando o lenço nos olhos, os mais negros que conheci. Minhas filhas, eu estava fora de mim, e ainda hoje ainda não sei como fiz aquelas coisas, das quais sinto até vergonha de lembrar. Foi ele mesmo, dona Ângela, quem trouxe a senhora para casa; mais tarde Marieta me contou, referindo-se ao Oscarzinho, quando com água e sal banhava as feridas das minhas pernas. Seu Fausto também veio aqui, queria saber da senhora... Meninas, aquilo foi o meu inferno, o outro lado da vida, que a mim ia sendo apresentado; eu que jamais poderia imaginar que um dia iria passar por semelhantes situações. Mas nos dias seguintes, a princípio aos poucos, por todo o corpo comecei a sentir calafrios, e em um começo de tarde, quando estava muito quente, eu coloquei uma blusa de lã, e horas depois estava deitada, debaixo de três cobertores. Passei uma noite horrível: batia queixo, às vezes pegava no sono, de repente acordava agitada, tomada por pesadelos, enquanto Marieta, como uma mãe, não saía do meu lado; ela e tia Zilá, que de mim também cuidou. A senhora pegou a febre!, doutor Anísio, que na época morava aqui, falou comigo na manhã seguinte, depois de ser chamado às pressas, quando estava saindo para o Serro, onde tinha uma fazenda. Então tomei muitos remédios, chás, e fiquei dias na cama, e daquela febre, que chegou a matar umas três pessoas aqui, eu custei muito a me livrar. Ângela, lhe jogaram feitiço!, tia Zilá me disse, e até galinha preta, para ver se o afastava, eu deixei que matasse, ela que dessas coisas sabia. Fora um cabrito, que também foi morto, além de umas velas compridas que, em uma noite escura — e com medo de que alguém me visse —, fui acender em uma encruzilhada, lá pelos lados de Mendanha, bem próximo ao lugar onde haviam matado seu Neco e, em tempos passados, tinham encontrado uma imagem de uma santa, dizem que de Nossa Senhora das Dores. Porém lhes confesso, minhas filhas, e disso não tenho vergonha, que pela volta do vosso pai, mesmo dela tendo certeza, muitas outras mandingas, ensinadas por tia Zilá, que até hoje frequenta os terreiros, nos meses seguintes eu fiz. Vocês, que eram pequenas, mas já entendiam alguma coisa, quase todos os dias perguntavam onde ele estava, e eu, sem ter outro jeito, mentia e dizia que vosso pai havia viajado e que, quando voltasse, iria trazer muitos presentes para vocês. No entanto essa volta, pela qual tanto ansiei, demorou muito para acontecer e, durante cinco longos anos, fiquei quase sem ter notícias dele, que com aquela mulher por lugares distantes andava.

24

Depois que saíram daqui, pois o vosso pai, primeiro, queria dar uns passeios com ela, fazer lua de mel, como chegou a comentar com algumas pessoas, eles passaram por vários lugares. E em um jipe velho, dos poucos bens que lhe sobraram, fora a nossa fazenda, hipotecada com Fausto, eles foram para São Gonçalo do Rio das Pedras e em seguida para Mendanha, Datas e Milho Verde, aonde eu sempre quis ir, mas ele nunca me levou, sempre com o argumento de que lá não existia nada, além de uma igrejinha caindo aos pedaços e uns coqueirinhos de nada. Foram ainda a Inaí, Monjolos, Chapada do Norte e Biribiri, onde Bárbara, além de, pela primeira vez, tomar leite de cabra, ainda comprou uma rede, dois vestidos feitos à mão e se banhou nas cachoeiras, cujas águas saem de dentro das pedras e, de tão frias, costumam doer nos ossos. Além de haverem se hospedado na casa grande, onde, no tempo da fábrica, viviam os próprios Mascarenhas. Visitaram em seguida, pois ficava a poucas léguas dali, a velha Fazenda da Lapeira, que também fora do vosso avô, e aonde nós, logo após o nosso casamento, costumávamos ir, quando vocês ainda nem eram nascidas. Era uma casa assobradada, já em ruínas, e por lá, aproveitando ainda a prosa da única moradora, Dona Matilde, uma velha já com mais de cem anos, que havia sido escrava e babá do vosso avô, eles ficaram quase uma semana, e Bárbara, com a filmadora, ia registrando tudo. Quando então resolveram ir embora, o vosso pai ainda comentou, enquanto desciam as escadas: se pudesse, meu amor, eu compraria isto aqui e traria você para morar comigo. E em resposta ela, que por aqueles tempos já havia se apaixonado por ele, apenas sorriu e disse: a Pintassilga é mais bonita, e é lá que quero envelhecer, tendo você ao meu lado e lendo todos aqueles livros maravilhosos. E deu uma olhada no Jequitinhonha, para as águas que corriam mansas, e ainda filmou algumas mulheres que, com as saias levantadas, lavavam trouxas de roupas e cantavam, enquanto outras equilibravam potes nas cabeças e homens garimpavam em pequenas bateias de madeira, que até hoje ainda são usadas. Elas iam e vinham em movimentos ritmados, e todos eles, quando o carro foi passando — o que era uma coisa rara por aqueles tempos —, pararam por um momento o trabalho, tiraram os chapéus e acenaram para os dois. Ela viu também quatro garças brancas, que se acariciavam; parece que haviam feito seus ninhos ali, e ninguém as incomodava. E foram indo. E mais de uma hora depois, já bem distante da fazenda, de onde, alguns anos mais tarde, quando as coisas não eram mais as mesmas, ela haveria de se lembrar, eles chegaram ao alto de um morro, o Roncador. Este nome era devido a uns sons estranhos que, dependendo da hora do dia, costumavam ser ouvidos por ali, onde também, em tempos distantes, havia acontecido uma guerra, da qual o avô do meu avô, que era alferes de cavalaria, havia participado, lutando contra centenas de negros rebelados. Dizem que morreu muita gente. O Roncador é um lugar bonito, e já passei por lá, quando era menina. Tem ventos fortes, águas muito puras, e então, quando já estavam no topo, bem em cima das areias brancas, o vosso pai parou o jipe. Desceu e convidou a Bárbara para fazer o mesmo: como sempre, ventava forte, e ele, colhendo algumas, mostrou a elas as sempre-vivas gigantes, que se chamavam margaridas; as canelas-de-ema, que por ali floresciam; os pés de sassafrás, que dão um gosto especial à cachaça, e ainda os cambarás, cujo chá cura a tosse. Fora os tantos passarinhos que voavam. E disse-lhe também, de um jeito sonhador, apontando para umas serras azuis, que se perdiam no horizonte, lá pelos lados do Rio Doce, onde ficava a tal de Mata: é lá, meu amor, o lugar onde estão as pedras e a felicidade que, se Deus quiser, haveremos de encontrar. Bárbara então o abraçou, beijou-lhe a boca, o pescoço, teve vontade de fazer amor ali mesmo, deitados na areia, mas se conteve. E entraram de novo no jipe, e o vosso pai deu a partida, e ela colocou também os óculos, pois o reflexo do sol, batendo nas pedras, fazia doer os olhos. E algumas horas depois, após passarem por um lugarejo que ficava em cima de uma serra, onde a pobreza era tanta que as crianças andavam nuas pelas ruas, eles avistaram a torre de uma igreja e logo em seguida, quase todas pintadas de azul, as primeiras casas do Serro. Naquela cidade, uma das mais velhas de Minas, assistindo a Festa do Rosário, eles ficaram três dias, hospedados na antiga Chácara do Barão, que era de um amigo do vosso pai. E Bárbara, encantada com tudo, que para ela era novidade, filmava os caboclos, os marujos e os catopês, e não se cansava de elogiar estas manifestações folclóricas, que chamava de as belezas ocultas desta terra. Mas foi também no Serro que ela, ao deixar que uma cigana, de nome Narrimã, lesse a sua mão, começou de repente a chorar, e, por mais que o vosso pai insistisse, querendo saber o que era, ela não quis lhe contar o que a gaja havia lhe revelado, embora já estivesse desconfiada. Passaram também pelo Itambé, onde ficaram mais dois dias, para que ela pudesse descansar, pois estava muito indisposta e enjoando. Em seguida, quando estava melhor, subiram até o pico e, lá de cima, vendo a beleza daquela paisagem, com Diamantina aos seus pés, Bárbara ainda colheu várias orquídeas e, se abraçando ao vosso pai, lhe disse, dando às palavras um tom romântico, que iria plantá-las na casinha que haveriam de ter quando se estabelecessem nos garimpos.

25

E foi assim, nessas andanças todas, que acabaram chegando ao Rio Vermelho. A cidade estava infestada de soldados e quase ninguém se aventurava nas ruas, fora algumas crianças, as pessoas mais velhas e os cães; estes, mesmo assim, sujeitos a pontapés e a pontadas de sabre, que os guardas, só por diversão, não vacilavam em lhes aplicar, deixando-os estendidos no chão. Até o padre Josué, naqueles dias, pois não queria saber de problemas, andava meio recolhido em um sítio fora da cidade e já há quase um mês não celebrava missa. Aqueles soldados então, todos carregando fuzis e com revólveres na cintura, pararam o jipe, mandaram que os dois descessem e lhes pediram os documentos, pois estamos, moço, procurando pelos Barroso... O vosso pai, mesmo já sabendo da história, que ainda hoje é famosa — e para a qual até música sertaneja já fizeram —, fingiu-se surpreso, enquanto perguntava ao guarda, que não passava de um adolescente branquelo e cheio de sardas: é tenente Giorgino Jorge que está no comando desta tropa? E, ao ouvir um ríspido sim, é o próprio, saído de uma voz que se esforçava para parecer grossa, então vosso pai pediu ao soldado que o chamasse, e o tenente, um moreno alto e que fora seu colega de escola, antes de entrar para a polícia e voltar para Montes Claros, onde se tornou famoso, veio, o abraçou com entusiasmo, falou sobre o que havia acontecido — aquela matança toda — e ainda os convidou para almoçar com ele, ao que o vosso pai aceitou, enquanto o tenente, com detalhes, ia lhe contando como e por que haviam acontecido tantas mortes, tudo, ele ainda disse, por uma simples caçada de veados e terríveis mal-entendidos. E, depois que conversaram, comeram à vontade e tomaram quase uma garrafa de vinho, o tenente ainda fumou um charuto e, na hora de pagar a conta, ele não deixou que o vosso pai ajudasse, dizendo-lhe que era uma pequena homenagem em honra aos velhos tempos. Tenho saudade de tudo, disse, e ainda insistiu para que passassem a noite ali, no mesmo hotel em que ele estava, pois havia chovido muito no dia anterior e a estrada para Coluna era péssima: estreita, escorregadia e cheia de abismos. Mas nem o vosso pai, nem Bárbara, que durante todo o tempo havia permanecido quase em silêncio, aceitaram o convite, com desculpas de que já estavam atrasados e que São José da Safira, para onde estavam indo, era muito longe. Cuidado com aquele lugar, cuidado, tenente Giorgino ainda lhe disse ao se despedir. E só umas quatro horas depois, após precisarem até de carro de bois para puxar o jipe, foi que finalmente chegaram a Coluna, uma cidade também rodeada de morros e já nas águas do Rio Doce. E foi lá que Bárbara, por aquelas horas não só enjoando, como também sentindo fortes cólicas, percebeu, ao ir ao banheiro, que também estava começando a sangrar. A princípio, achando que não era nada sério, não quis contar ao vosso pai, mas algum tempo depois, quando se assentaram à mesa de um bar, e ele pediu ao garçom que preparasse um jantar e também lhe trouxesse uma cerveja, ela, não resistindo, viu que não tinha mais condições de continuar daquele jeito e acabou falando ao vosso pai o que estava acontecendo, após dizer também, tropeçando nas palavras, que tinha muito medo de que viesse o pior. Foram depressa à farmácia, que ficava ali mesmo, ao lado do bar e onde o farmacêutico, o único do lugar, e que se chamava Herculano, mas tinha o apelido de Cula, por mais que tenha insistido, depois de examiná-la durante quase uma hora — dizendo-lhe que não só suspeitava da gravidez, como também de um princípio de aborto — não conseguiu convencer a Bárbara — nem mesmo contando com o apoio do vosso pai, àquela hora totalmente apavorado, a ficarem na cidade até que ela se recuperasse um pouco, e, então, tivessem condições de mandá-la para Guanhães, pois aqui, infelizmente, ainda não temos o nosso hospital. Mas ela insistiu. Disse, não, precisamos ir, e o farmacêutico, embora ainda tenha argumentado, voltando a falar sobre os riscos que corria, não conseguiu convencê-la. E então seguiram viagem. A noite começava a cair e, após passarem também por Jacuri, Tabuleiro e alguns outros lugares, todos muito pequenos, finalmente, já noite escura, viram as primeiras casas de São José de Safira, o ponto final da viagem e onde — ainda guiado pelo sonho — o vosso pai pensava que, em pouco tempo, iria fazer fortuna. Porém, minhas filhas, assim que chegaram e desceram do jipe, Bárbara, que já não estava suportando tanta dor, e ante a um vosso pai desesperado e sem saber o que fazer, e já a acusando por não haver lhe contado que estava grávida, então acabou revelando a ele que tinha muito medo, pois a cigana lá no Serro, meu amor, falou que eu vou perder o nosso bebê, enquanto lhe confessava que ser mãe, a vida inteira, foi o maior sonho que havia tido. Mas com isso agora paremos, pois já está ficando tarde, e eu já falei demais.

26

Mas se é assim, minhas filhas, se de tudo querem mesmo saber, então ouçam. Mas, antes, quero lhes contar que, depois da febre, das velas que acendi, além das mandingas que fiz, e de não deixar de imaginar, dia após dia, como seria a volta do vosso pai, então, quando para todas as pessoas eu já não passava de uma louca, vi que a vida, com mais força do que a morte, tinha de prosseguir. Mais de um ano já havia se passado desde que eles tinham ido, e eu, mesmo assim, não estava conseguindo me recuperar por inteiro, e continuava às vezes tomada pelo desânimo e quase sempre pensando na morte, quando de repente, numa noite, ao me preparar para dormir, alguém bateu à porta. Me levantei depressa, troquei a roupa e fui atender. Sabem quem era? O tio Jeremias, ele mesmo, casado com a tia Adélia e que, de passagem por aqui, vinha nos fazer uma visita. Me desculpe, Ângela, o adiantado da hora, ele foi dizendo, enquanto me olhava de alto a baixo, como se não me reconhecesse, de tão acabada que eu estava. Entre, vou lhe preparar um café... Porém ele agradeceu, disse que estava de hora marcada, indo para Montes Claros, mas que havia trazido uma carta para mim. Era da tia Adélia que, depois de falar que de tudo estava sabendo, nos convidava para irmos passar uns tempos com eles lá na fazenda do Grão-Mogol, onde eu havia morado quando criança, algum tempo antes do meu pai se matar, ao descobrir que a minha mãe, todos os sábados e domingos, quando ele ia à cidade, costumava traí-lo com um dos seus melhores amigos. E lá mesmo, na porta, já que o tio não quis entrar, eu disse a ele que em breve iríamos visitá-los, pois daqueles lugares todos, apesar das lembranças tristes, eu sentia saudade. E daquela viagem, minhas filhas, muitas lições eu tirei, pois, quando para cá retornamos, depois de um longo período por lá, uma outra mulher eu já era.

27

Mas, voltando ao vosso pai e Bárbara, assim que chegaram a São José de Safira, onde entraram no primeiro bar que viram aberto, as coisas iam de mal a pior; ela chorava, dizia que não queria perder o filho, pois até o nome já havia pensado para ele, além daquele ser um sonho que alimentava desde mocinha. Tentando acalmá-la, vosso pai fez com que ela se assentasse, pediu um copo d´água com açúcar, disse que tivesse calma, mas, nesse instante, o sangue, que desde Coluna ela já estava perdendo, começou então a sair às golfadas por entre as suas pernas. A cor, de repente, foi fugindo do seu rosto, seus movimentos sumiram e foi aí que o vosso pai, já totalmente apavorado e temendo que ela fosse mesmo morrer, começou a gritar, pedindo pelo amor de Deus que alguém o ajudasse. Moço, a dona foi baleada?, perguntou então um rapaz moreno, que estava encostado no balcão e, até aquela hora, assistia a tudo calado, prontificando-se, em seguida, a levá-los ao único médico do lugar. É o doutor Ramon, disse o moço, e o seu consultório fica logo ali, e posso ajudar o senhor a levar a dona. É aqui que eu atendo, disse, no seu português embolado e tentando acalmá-los, um homem alto e moreno, de cabelos muito pretos, enquanto também ia mostrando — e o vosso pai achou que ele era louco — as dezenas de gaiolas cheias de passarinhos que mantinha ali. Me deixe a sós com a senhora, ele falou em seguida, enquanto colocava os óculos, o avental encardido e, com a ajuda de uma moça, que ali fazia o papel de enfermeira, levaram Bárbara para uma espécie de enfermaria que, nos fundos do consultório, ele havia improvisado. Vosso pai, muito nervoso, andava de um lado a outro; Darcy, o rapaz que os havia socorrido, tentava, em vão, puxar conversa com ele, dizendo que aquilo não era nada, até que, quase uma hora depois, a secretária do médico apareceu e, tentando se manter calma, veio dizer ao vosso pai que Bárbara estava bem, mas que doutor Ramon queria conversar com ele. Esta, muito pálida e coberta por um lençol, continuava deitada na maca e, ao ver o vosso pai, quis se levantar e abraçá-lo, mas o médico, com um gesto brusco, mandou que ficasse quieta. E ali mesmo, sem rodeios, disse a ele que havia feito o possível, dentro dos limites que tenho aqui, mas que, infelizmente, não havia conseguido salvar a criança. Falou e olhou para uma caixa de papelão embaixo da maca, coberta por uns jornais e manchada de sangue. Mas agora, ele ainda disse, a senhora, até se recuperar, irá precisar de muitos cuidados, e sobretudo de carinho e da compreensão do senhor, já que este, na vida de uma mulher, é um momento muito especial e delicado. Bárbara, naquela hora, pediu ao vosso pai que se aproximasse, segurou a sua mão, e ali mesmo começou a chorar, enquanto lhe dizia, ainda bem, meu amor, que não estou mais sozinha no mundo e posso confiar em você. Os olhos da enfermeira, naquele instante, se encheram d'água, enquanto doutor Ramon, para relaxar, pois esta vida é mesmo muito dura, pedia a ela que lhe trouxesse um pouco de vinho e os cigarros, pois não fumava desde a manhã.

28

ENQUANTO ISSO, sem ter nenhuma notícia deles, eu insistia em mentir para vocês, minhas filhas, e dizia que o vosso pai havia precisado de fazer uma viagem grande. Foi visitar uns parentes em Belo Horizonte, e outros no Mato Grosso, eu falava. Mas nunca levava o assunto adiante. Durante este tempo, pois o meu dinheiro aos poucos foi minguando, até a correntinha de ouro, única lembrança do meu pai, tirada do seu pescoço no dia de sua morte, eu entreguei, para pagar conta de farmácia. E também costurei, lavei e passei roupa, coisas que jamais, até então, eu poderia imaginar que um dia fosse fazer. Mas como aceitar o convite dos tios Jeremias e Adélia para ir ao Grão-Mogol visitá-los, se o dinheiro, para nós, quase não estava dando nem para as despesas mínimas? Foi por estes tempos, também, que recebi outra carta de lá, desta vez pelo correio, e na qual tia Adélia dizia, com aquela letrinha miúda e trêmula, venha, Ângela, pois eu sei que você está precisando. Mas viajar de que jeito? As coisas estavam assim, quando, em uma noite, de repente me veio uma ideia e, sem pensar duas vezes, fui até ao Cabaret conversar com dona Vanda que, como já lhes disse, é nossa prima. Mas, como não podia entrar, ela me recebeu lá mesmo na porta e, demonstrando toda a boa vontade do mundo, não só me deu o dinheiro, pois em empréstimo não me deixou falar, como ainda mandou que o Oscarzinho, que até hoje ainda é o seu motorista, nos levasse no seu carro até a Ponte Caída, lá no rio Paraúna, onde então fizemos uma baldeação e tomamos outro carro para Curvelo. No entanto, antes de começarmos esta viagem, da qual vocês pouco se lembram, porque eram muito pequenas, uma outra coisa aconteceu, já que Fausto, não sei como, ficou sabendo de tudo, e no outro dia bem cedo, quando eu ainda estava arranjando as malas, veio aqui em casa, e, antes que o convidasse, na sala já foi entrando. A nossa fazenda, como vocês sabem, ainda estava hipotecada com ele e seis anos era o prazo para que o vosso pai a resgatasse, pois senão a perderíamos de vez. Ângela, que ideia é essa, ouvi dizer que vai embora...? Não, vou viajar... Mas viajar para onde, menina, se ficou sozinha no mundo e nem marido tem mais? Não, não sou mais uma menina, mas uma senhora casada e mãe de duas filhas... Casada você já não é mais, pois ele a abandonou... Fausto, não fale assim, não me falte com o respeito. Ângela, não seja tola, não me venha com bobagens e pare de delirar... Então, ele, naquela hora, chegou bem perto de mim; estávamos só nós dois na sala e, segurando as minhas mãos, disse que ainda me queria para ser sua mulher e que, durante toda a sua vida, só por isso esteve esperando. Por que você acha que não me casei?, ele baixinho perguntou, com os olhos fixos em mim, ao mesmo tempo em que os seus dedos, aos poucos, iam se entrelaçando aos meus, sem que eu nada fizesse para soltá-los. Minhas filhas, naquela hora, eu senti uma coisa estranha, uma pulsação esquisita, e deixei que as suas mãos, cada vez mais, ficassem pousadas nas minhas, que estavam suando muito. Naquele momento, hoje penso, eu estava gostando dele, que então se aproximou ainda mais, sem soltar as minhas mãos: beijou o meu rosto, os meus cabelos e a minha boca, tocando também os meus seios, e a tudo eu correspondia, como se estivesse me entregando. Mas de repente, quando ele quis ir mais longe, e disse, vamos para o seu quarto, eu, como se voltasse de um sonho, despertei e às pressas minhas roupas fui arranjando, enquanto o empurrava, pedindo-lhe, quase implorando, que de mim se afastasse. O meu corpo todo suava. E até o queixo, eu senti, começou a bater, seguindo o coração, que disparava, como nos meus tempos de mocinha, quando, da janela do colégio, eu olhava para o vosso pai. Mas ter vivido tudo aquilo, e hoje às vezes me pergunto, não terá sido um desejo de me vingar do vosso pai, que comigo muito pior estava fazendo? Porém isso, minhas filhas, que aqui estou lhes contando, é um grande segredo que, como prova de amor, estou dividindo com vocês, e dele nunca falem para ninguém, pois coisas assim, por aqui, ainda costumam acabar em morte. E o que mais? Não, não aconteceu mais nada entre nós, porque também, naquela hora, o Oscarzinho, que iria nos levar até a Ponte Caída, já estava batendo à porta, e Fausto, bem depressa também se recompondo, ainda me perguntou: Ângela, por favor me responda, ainda posso ter alguma esperança? Apenas olhei nos seus olhos e passei a mão em meu rosto; mas ali tive a certeza de que a nossa fazenda ele jamais tomaria. Além do mais, minhas filhas, para garantir a nossa terra, e o futuro de vocês, até mais longe eu juro que teria ido. E foi assim que, pouco depois, nós começamos a nossa viagem, e só umas quatro horas mais tarde, pois o pneu furou três vezes, foi que chegamos à tal Ponte Caída, onde ponte nenhuma existia, só mesmo a largura do rio e o canto de um ou outro passarinho que buscava a sombra das árvores, que por ali também eram raras. Fátima, você chorava; Ritinha, você em mim se agarrou, quando em seguida, após ajeitar as nossas coisas, nós entramos em uma canoinha, e eu também, lhes confesso, estava com um medo danado, pois o rio era muito largo e a correnteza, das bravas. Oscarzinho, que era crente — e disto nunca me esqueço —, ao dar-me a mão, se despedindo, ainda falou, com os olhos marejados e sincera pena de mim, os caminhos de Deus cruzam também os rios... E ficou à beira do barranco, com um lenço nos acenando, quando então o canoeiro, que não passava de um menino, após perguntar, estão prontas?, soltou a cordinha que prendia a canoa a um toco e então fomos, naquela coisinha de nada, que nos jogava de um lado a outro do Paraúna, em busca da outra margem, que demorou tanto a chegar.

29

E O TEMPO, minhas filhas, como tudo na vida, também foi passando para o vosso pai e Bárbara, que lá em São José da Safira, depois que ela se recuperou do aborto, e ficou novamente bonita, foram devagar se ajeitando, e tenho de aceitar, embora com isso ainda sofra, que, durante algum período, devem mesmo ter sido felizes. Alugaram uma casa em uma rua afastada; ela plantou as orquídeas que havia trazido do Itambé, algumas mudas de avenca e cambarás, arranjadas por ali mesmo, fez uma horta, e também pintou uns quadros, para enfeitar a sala. Aprendeu a cozinhar, e todas as tardes, sempre de banho tomado e com uma roupa diferente, ficava na varanda, esperando o vosso pai. Ela ainda deu aulas no grupo e, com a ajuda de outras professoras, fundou um teatrinho na cidade, um clube de leitura, e as crianças a adoravam. Pois, ao contrário do que até então era o costume, não castigava e nem deixava que se batesse em nenhuma delas; não usava a palmatória, que por lá ainda existia, e muito menos aplicava outros corretivos, como ter de ficar de joelhos em bagos de milho, e vai por aí, como também aqui, nos meus tempos de menina, ainda era costume. E o vosso pai, ajudado por Darcy, o rapaz que o socorrera, também trabalhava duro, sempre à procura das pedras que, naquela época, ali para aquele fim de mundo, atraíam gente de todas as partes. E não foram poucos daqui, inclusive Osmarinho e Souza, os guarda-costas de Fausto, que correram para lá, logo após a morte de seu Neco. E até outros estrangeiros, além de doutor Ramon, que também explorava uma lavra, participavam daquele sonho. Mas as pedras, para o vosso pai, estavam demorando muito a chegar, e aos poucos o seu dinheiro, como aconteceu comigo, também foi indo embora. Às vezes, aos domingos, a casa deles enchia de gente, pois era quando Bárbara — para o encanto dos garimpeiros — costumava passar alguns filmes, não só os que havia exibido para nós aqui, como alguns outros, que encomendava de Belo Horizonte e chegavam pelo correio. Até doutor Ramon, de quem ficaram amigos, nesses dias aparecia, e, quando todos saíam, ele ia até a sua casa, buscava algumas garrafas de vinho e ficava ali com eles, não só contando casos da Espanha como dos lugares por onde já havia passado, pois desde que deixara a sua terra, por causa de uma guerra, que havia matado muita gente, nunca mais se fixara em nenhum país. Estive no Peru, na Bolívia, conheci a Cordilheira dos Andes e andei pela Patagônia, ele dizia abrindo os braços e fazendo gestos largos, como se quisesse abarcar o mundo. E os seus olhos brilhavam, e às vezes, quando falava de sua família, que nunca mais vira, e dos tantos parentes mortos, ficava emocionado, e era então que bebia mais. Em um daqueles encontros, que entrou madrugada adentro, por acaso a conversa se encaminhou para o lado da poesia, e foi quando Bárbara, aproveitando a ocasião, declamou para ele um poema de um conterrâneo seu, o poeta García Lorca, que ela havia aprendido em Belo Horizonte na época em que estudava teatro. Doutor Ramon ficou ainda mais emocionado, abriu outra garrafa de vinho, e, abraçando a ela, e também ao vosso pai, não conseguiu conter o choro, enquanto lhes contava que, pouco antes de o matarem, o ficara conhecendo em Granada, tomara vinho com ele em uma cantina e juntos — naquela noite memorável — ainda haviam assistido a uma apresentação de flamenco. García Lorca que, quando estudante, havia sido colega de um de seus irmãos, Pepe, que como ele teve o mesmo trágico destino de ser morto durante a guerra. E virava outro copo de vinho, acendia um cigarro, e, de novo abrindo os braços, dizia, enquanto passava um lenço nos olhos, assim é a Espanha, assim é a Espanha... e também a vida... Mas daí a algum tempo, minhas filhas, como havia sido para mim, também para o vosso pai e Bárbara as coisas começaram a mudar. E o que pensavam ser eterno, por estes caprichos da vida, aos poucos foi se desfazendo, já que encantamento e paixão, como dizia a minha avó, é fogo que apaga logo.

30

E NÓS CONTINUÁVAMOS nossa viagem, que mudou muito a minha vida, tornando-me uma mulher mais segura e dona dos meus desejos. Da Ponte Caída fomos até Curvelo; de lá, seguimos de trem para Montes Claros e, em um ônibus caindo aos pedaços, rumamos para Grão-Mogol, onde acabamos de chegar de carona em um jipe, já que as chuvas e a lama impediram que o ônibus prosseguisse. Foi uma aventura e, quando chegamos à cidade, já começava a escurecer, e ao invés do tio Jeremias e da tia Adélia, que também estavam nos esperando, quem primeiro eu vi foi o padre Hildebrando, que era nosso primo e, nos tempos de criança, havia sido o meu melhor amigo. Ângela Barbalho, a mim ele foi dizendo, tentando mostrar-se feliz, mas que alegria revê-la, depois destes anos tantos... Estas duas são as minhas filhas, eu lhe disse, apontando para vocês, que de mãozinhas dadas estavam assentadas nas malas. Mas ele, na hora eu notei, já não era mais a mesma pessoa: parecia triste, estava enrugado e havia engordado muito; logo Hildebrando, que sempre fora muito vaidoso e cheio de vida. Era como se alguma coisa, muito grave, estivesse lhe acontecendo. Tio Jeremias e tia Adélia também haviam se aproximado de nós, e Thiago, o filho deles, vestido com um terninho preto, olhava para vocês, mas não tinha coragem de chegar; parecia um bichinho do mato. Ângela, tia Adélia me disse, que ótimo você ter vindo, pois muitas coisas nós temos para conversar, depois desse tempo todo. Porém padre Hildebrando, pegando as nossas malas, disse a eles, sorrindo, que nós, por enquanto, seríamos suas hóspedes, lá na casa paroquial. Nada disso, padre, nós a convidamos primeiro..., tia Adélia ainda falou, com aquele jeito só seu, assim meio sem graça, enquanto olhava para mim, como se quisesse dizer que eu não aceitasse o convite. Me perdoem, meus amigos, Hildebrando respondeu, ela fica comigo uns dias, só o tempo de matarmos a saudade... No Grão-Mogol, tudo era muito perto, e alguns minutos depois (os tios nos acompanharam, mas não aceitaram o convite para entrar), já estávamos instalados na casa do primo, que era um sobrado de dois andares, no qual Hildebrando morava na companhia de duas mulheres: uma, mais velha, que ali parecia tudo administrar, nos recebeu com sincera alegria, e uma outra, a sua filha, que se chamava Lourdinha. Moça nova, bonita, de cabelos muito pretos, e que, ao me ver, me olhou de um jeito estranho, como se lançasse um desafio, que ficou ainda mais evidente quando Hildebrando — e percebi o seu desconforto — pediu a ela que levasse as nossas malas para o andar de cima. Mas lá, ao lado do seu quarto...? À Lourdinha, repreendendo, porém de um jeito tímido, e mais com os olhos do que com as palavras, ele ainda disse, sim, é para lá mesmo e, por favor, arranje tudo direito, enquanto, tomando-me pelas mãos — e de novo percebi que com os olhos a moça me fuzilava —, ele foi nos levando para a cozinha, onde a merenda já estava servida. Mas de lá, minhas filhas, saímos muito rápido, pois na mesma noite — e isto também é segredo, que nunca contei para ninguém — a madrugada começava a chegar, quando comecei a ouvir uns gemidos esquisitos, que vinham do quarto ao lado do nosso, onde o primo Hildebrando dormia. E eu, que já estava desconfiada, então saí na ponta dos pés, e nos instantes seguintes, após colar o ouvido na porta, pude ter certeza do que estava acontecendo. Porém, uma outra coisa, tão ou mais estranha, se deu em seguida, quando eu, atordoada, voltava ao nosso quarto e resolvi, até hoje não sei por quê, olhar para a rua, através de uma janela, que havia ficado aberta. Minhas filhas, sabem então o que eu vi? E só de falar nisso, mesmo tantos anos depois, ainda sinto um arrepio... Uma mulher de branco, com um longo vestido de noiva, e que ali, sendo verdade antiga, era a imagem do demônio, daquele jeito manifesta, como havia acontecido em Coluna, depois de uma chuva de pedras, ou mais antigamente ainda, em Paulistas, depois que mataram o padre, e o assassino se escondeu em um buraco, de onde devolvia aos soldados, ainda com os pavios acesos, as bombas que estes lhe atiravam. Mas, ali, no Grão-Mogol, era também ele, o demônio, que, com suas artimanhas, aquelas coisas todas estava fazendo acontecer, através daquela mulher de branco vagando na madrugada. Além do mais, minhas filhas, estávamos em plena quaresma, e o mais grave de tudo era que os mandamentos de Deus, naquela casa, não estavam sendo respeitados por quem mais tinha obrigações de preservá-los. Eu vi, sim, minhas filhas, naquela noite, eu vi o capeta. E logo depois, de manhã, quando o sino começou a bater, ao me levantar, com Lourdinha encontrei, quando descia a escada. Ela nem me disse bom dia, mas apenas deu um sorriso, do qual nunca vou me esquecer, pois era igual ao de Bárbara, no dia em que fui pedir a ela que com o vosso pai se deitasse. Nele, a maldade estava estampada. Então coloquei o meu véu, peguei o breviário e o terço, e, já disposta, em seguida, a me despedir do nosso primo, mas sem deixar que ele percebesse que eu de tudo já sabia. Mas não adiantou. E as cenas a que assisti me cortaram o coração. Hildebrando, lá na sacristia, estava prostrado no chão e chorava, abraçado a uma imagem da Virgem Maria. Ângela, minha prima, tenha compaixão de mim e me dê o seu perdão, pois tenho certeza de que de tudo você já sabe... Mas, meu primo, ainda tentei, por que as coisas chegaram a este ponto? Prima, não estou suportando o peso deste pecado... E, se levantando, abraçou-se a mim e aos prantos confessou toda a verdade escondida, como a que agora, sobre o vosso pai e Bárbara, eu também estou lhes contando. Mas, mais uma vez, vamos parar com isso, pois a tarde já se foi, e em breve ele chega. Porém, se querem que eu prossiga, então, lhes peço, continuem a me ouvir.

31

Como a vida é difícil por todo canto, também lá no garimpo as coisas não foram diferentes, e o vosso pai, como tantos outros aventureiros como ele e Bárbara, não estava conseguindo quase nada. E, quando acontecia de encontrar alguma coisa, eram sempre pedras pequenas, ou xibiozinhos sem valor, que tinha de vender por pouco, para continuarem sobrevivendo. Bárbara, passados os primeiros tempos de euforia, começou a não achar mais graça naquele lugar com ruas empoeiradas e estreitas, as casas pequenas e sem conforto, e uma gente que, se a princípio a encantara, pela sua simplicidade, não estava lhe despertando mais nada, a não ser uma imensa vontade que lhe dava, às vezes, de sumir logo dali. Então, de um dia para o outro — e não adiantaram os pedidos dos pais das crianças, que até um abaixo-assinado chegaram a fazer —, ela parou de dar aulas no grupo, que se chamava Presidente Vargas. Desfez o teatrinho e até os filmes que passava aos domingos, atraindo dezenas de pessoas, ela deixou de exibir. E começou a ficar ensimesmada, reclamando de tudo, de todos e, principalmente, daquela rotina, daquele nada para fazer, e também já quase não convivia com ninguém, a não ser com o vosso pai, Anabela, a empregada, e também com doutor Ramon, que às vezes aparecia e os dois conversavam horas seguidas. Uma vez este lhe disse, depois de perguntar o que estava acontecendo, já que a estava achando muito triste: nós dois, minha cara, somos exilados, só que você, e isto é ainda mais cruel, dentro do seu próprio país. Além do mais, ela passou a beber muito, a fumar mais ainda, engordou, e foi então que o vosso pai, sem até que essa percebesse de início, passou a não lhe dar a atenção de antes, e ela, também, já não se aprontava para ele como nos primeiros tempos. Foi nessa época, ainda, que Bárbara, e cada vez com mais intensidade, começou a ter muito ciúme do vosso pai e a suspeitar que ele estava com outra, pois às vezes demorava muito para chegar, e também se correspondendo comigo, já que, de vez em quando, ele recebia algumas cartas e não deixava que ela lesse, além de não contar sobre quem as havia enviado. São negócios, são negócios, só assim ele dizia. E mais: um dia, ao mexer na sua carteira, sem que ele soubesse, ela encontrou uma foto nossa, que seu Pequeno havia feito quando vocês eram recém-nascidas, e com a qual até hoje ele anda. O doutor Cabral, por aquela época, já era vice-governador de Minas, e Bárbara, que desde os seus tempos aqui dizia que não gostava dele — mas isso pouco importava ao vosso pai —, lá, em São José da Safira, onde ela continuou dizendo o mesmo, adquiria um peso enorme, que o vosso pai não podia suportar, já que ele o idolatrava. Em uma noite, quando voltava para casa, depois de uma conversa tensa com Zé Marião, que era o chefe dos garimpeiros e tinha um pequeno bando de jagunços — e não queria lhe ceder um outro espaço nos barrancos —, vosso pai e Darcy, que estava com ele, resolveram passar em um bar, o Caramujo, para tomar uma cerveja, já que ali era o único lugar onde, na cidade, havia uma geladeira. O nome Caramujo era porque lá existia uma grande concha, que as pessoas colocavam no ouvido quando queriam saber como era o barulho do mar, que naquela cidade, fora o doutor Ramon e dois americanos, que por lá também estavam vivendo, ninguém mais conhecia. O lugar estava quase vazio. Mas em uma mesa, nos fundos, dois homens bebiam e fumavam. Na hora, o vosso pai os reconheceu, eram Souza e Osmarinho, os capangas de Fausto, que desde a morte de seu Neco haviam sumido, como suspeitos. O vosso pai, que fingiu não os reconhecer, encostou-se no balcão e pediu uma cachaça. Mas neste momento o Souza, se levantando, veio até ele, bateu em seu ombro e lhe perguntou, de uma maneira cínica: não vê mais os antigos amigos e conterrâneos? O vosso pai, que também nunca gostou deles, mal respondeu ao cumprimento e quis sair, ao que o Souza então lhe falou, depois de colocar a mão no seu ombro: ouvi dizer que você está indo a Belo Horizonte pedir ao Cabral a concessão da mina de Água Funda... Não sei do que você está falando, mas essa é uma boa ideia, na qual eu prometo pensar, respondeu o vosso pai, e ainda acrescentou: só que isso, meu caro, não tem nada a ver com você. Tem, sim, meu mano, tem sim, Souza lhe respondeu, com arrogância, e se você conseguir, nós também estaremos nessa, e apontou para Osmarinho, para ajudá-lo a tirar umas pedrinhas. Então o vosso pai, sem se intimidar e já deixando à mostra o revólver, retrucou: eu não faço sociedade com criminosos. E nós, muito menos, com quem deixa a mulher à míngua, rodando de mão em mão nas ruas da Serra Dourada... Repita isso, seu filho de uma égua, o vosso pai lhe disse, já levando a mão à cintura. O clima então ficou tenso; o dono do bar, seu Malaquias, que era turco, chegou até a pedir, aqui dentro, não, senhores, pelo amor de Deus, pois já tenho problemas demais. Mas era tarde, porque naquela hora o vosso pai, perdendo todo o controle, deu três tiros no peito de Souza, que morreu ali mesmo, enquanto Osmarinho, sem tomar nenhuma atitude, mas somente pedindo, não me mate, não me mate, saiu depressa do bar e desapareceu de vez dali de São José da Safira. Crimes assim, por lá, naquela época, eram tão comuns, que a não ser um cabo da polícia, que ajeitou as coisas para o vosso pai, e também por doutor Ramon, que lhe deu apoio e foi até à sede da comarca conversar com o juiz, e ainda o dono do bar e Darcy, que depuseram como testemunhas a favor do vosso pai, dizendo que foi legítima defesa, quase ninguém tomou conhecimento do acontecido, que acabou ficando por isso mesmo e não deu em nada.

32

Por essa mesma ocasião, minhas filhas, na companhia dos tios Jeremias e Adélia, nós deixamos Grão-Mogol e seguimos para a fazenda, onde eles viviam com o avô Augusto, embora também tivessem casa na cidade. Era um daqueles sobrados antigos, iguais aos daqui, ainda cheio de empregados, e onde ele, já velhinho, continuava morando, mesmo após a morte de vovó Aurora, que se foi com quase cem anos. Fomos também de jipe, e tia Adélia e eu, enquanto as paisagens iam surgindo, só fazíamos recordar aqueles lugares por onde, na infância, nós sempre passávamos, quando íamos para o colégio. Em uma cesta de palhinha ia goiabada com queijo e, na outra, biscoitos e doces, tudo preparado com o maior capricho por ela, que era pouco mais velha do que eu. Saímos de Grão-Mogol depois do almoço. E já era tarde, querendo escurecer, quando começamos a descer o Morro Alto. E então, depois de uma curva, em uma várzea grande, avistamos finalmente a fazenda da Água Limpa, de tantas e mil histórias, que vinham sendo contadas e recontadas desde a época da escravidão, quando ali, em uma grande senzala, viviam centenas e centenas de negros, muitos dos quais nem o português sabiam falar. E onde eu, quando criança, passei os meus melhores dias, longe do meu pai e da minha mãe, que, infelizmente, por aqueles tempos, já não estavam se entendendo. Tio Jeremias, que durante toda a viagem um e outro caso contava, e também para mim às vezes olhava de soslaio, como se quisesse dizer alguma coisa, ao avistar o sobrado, parou o jipe por uns momentos, tirou o chapéu e disse a nós duas, mas como a si próprio falasse: a vida, quase nunca, nos dá o que dela sonhamos... Por quê, Jeremias, você está falando assim?, tia Adélia perguntou, olhou para mim e abaixou os olhos, enquanto ele, sem nada responder, ligou novamente o carro, começou a buzinar, e daí a alguns minutos nós chegamos. Ao nos ver, o vô Augusto, que esperava na varanda, começou a descer as escadas, ajudado por um menino, e para o meu lado, como se estivesse sonhando, ele veio, com os braços abertos. E, quando chegou bem próximo e me tocou, disse emocionado, e já com os olhos cheios de lágrimas, Aurora, minha Aurora, por que você demorou tanto a voltar...? Para em seguida, então, se abraçar comigo, já que em mim, naquela hora, quem ele via mesmo era a vó Aurora. Ela, que há mais de dez anos já havia morrido, mas com a qual, todos diziam, eu me parecia demais.

33

E AQUELES TEMPOS foram muito bons, pois lá na Água Limpa, à medida que os meses foram passando, eu voltei a ser a mesma Ângela de sempre. Dormia bem, comia melhor ainda, andava muito pelos arredores, sentia o vento bater no meu corpo, tomava banhos de cachoeira, isso sem falar nos livros que o tio Jeremias lia para mim todas as noites. E em um deles, o Almanaque *Sei Tudo*, muitas coisas aprendi, além das conversas que tínhamos noites adentro, e o tio de Allan Kardec me falava com muita paixão. *O Livro dos Espíritos* ele leu todo para mim; mas tia Adélia, por ser muito católica, não aceitava que ele gostasse de tais leituras, e por isso, nessas horas, em nossa companhia não ficava, e sempre se recolhia de cara amarrada ao seu quarto, onde, em voz alta, se punha a rezar o terço, como se estivesse fazendo um desafio. Minhas filhas, daquelas conversas e leituras, muito proveito eu tirei, e até hoje às vezes me lembro das coisas que o tio falou, e sinto que a tia Adélia não tenha nos entendido. E ela começou a sentir ciúme, e este aumentou ainda mais quando o tio — que só estava querendo me ajudar — mandou a vir à fazenda um dentista para tratar dos meus dentes, pois alguns estavam doendo muito. Mas nem isso a tia Adélia aceitou, e um dia chegou a falar, como se estivesse brincando, que para ela ele nunca havia dado tais mimos. Meninas, também não me esqueço — e sobre isso já falamos — daquelas tardes em que nós ficávamos na varanda ouvindo as suas histórias. Como aquela dos três cachorros encantados, *Corta Vento, Rompe Ferro* e *Acode com Tempo*, e também de vô Augusto, que todos os dias me levava até a capelinha, e lá, apontando para o teto, me mostrava os passarinhos que ali estavam pintados, mas que ele, na sua caduquice, falava: Aurora, minha Aurora, escute como esses bichinhos cantam! E nem gosto de lembrar o dia em que viemos embora, naquela manhã de maio, quando ele, na varanda, chorando, só repetia, Aurora, minha Aurora, não me abandones de novo, senão a morte me leva, como de fato aconteceu, pouco mais de seis meses depois de nossa partida.

34

E ASSIM, MINHAS filhas, uns três ou quatro anos se passaram. Do vosso pai, eu quase não tinha notícias, a não ser por um ou outro que voltava dos garimpos e, mesmo assim, me diziam coisas vagas, cheias de evasivas, como se, permanecendo em silêncio, estivessem me poupando de mais sofrimentos. Do crime mesmo, com detalhes, da maneira como ele matou o Souza, ninguém me falou, e só vim a saber muito tempo depois, quando as coisas já estavam resolvidas e ninguém comentava sobre isso. Além do mais, o Souza não era daqui, não tinha ninguém por ele, e essa história toda, como ainda se diz, acabou entrando pelo bico do pato e saindo pelo bico do pinto. No entanto, estava sendo muito difícil continuar sustentando para vocês aquela situação, e eu não tinha coragem de lhes dizer a verdade, contar que o vosso pai havia não só nos abandonado por uma outra mulher, como também matado um homem. Eram coisas terríveis. Fausto, por várias vezes, voltou aqui em casa e chegou a me convidar para ir morar com ele. Iremos para bem longe e levaremos as crianças conosco, ele disse, e nas suas palavras, não há como negar, existia sinceridade. Mas eu, depois da viagem que fizemos ao Grão-Mogol e das tantas reflexões comigo mesma, estava sendo novamente dona de mim, senhora do meu nariz e das minhas vontades. Me sentia mais forte, decidida, e também cuidava melhor da aparência, andando sempre bem arrumada, com batom, sombras e laquê nos cabelos, que estavam mais curtos. Pois nunca mais — eu havia me prometido —, mesmo que estivesse sofrendo, ninguém iria perceber, pois aquele seria um problema meu, que só a mim cabia resolver. Naquela época até uma calça comprida cheguei a comprar, só que não tive coragem de usar, pois até então, aqui na cidade, havia sido Bárbara a única pessoa que teve peito para tal.

35

Mas, se aqui as coisas não estavam indo como eu queria, para eles também, lá em São José da Safira, os problemas só aumentavam, e a relação entre os dois, antes movida somente pela paixão, começava a dar os primeiros sinais de que, para mantê-la, como imaginavam, era necessário que existisse algo mais do que um simples desejo, através do qual, até então, o que pensavam ser amor estava se sustentando. Uma vez, conversando com doutor Ramon, de quem se tornara amigo, e com quem às vezes trocava confidências, o vosso pai lhe falou sobre a Água Funda e da sua vontade de ir a Belo Horizonte tentar, com o doutor Cabral, a concessão daquela lavra que, como pagamento de uma dívida, o governo mineiro havia recebido de uns ingleses, e desde então — e já mais de vinte anos haviam se passado — ela continuava desativada, pois a voz geral era a de que, ali daquele areal, não saía mais nada, a não ser lagartixas e cobras venenosas. E então doutor Ramon, mesmo se dizendo um homem desencantado com a política, depois de tudo o que havia lhe acontecido na Espanha, mesmo assim incentivou o vosso pai; disse-lhe que também já ouvira falar daquela lavra, muito mal, era verdade, mas, se ele estivesse mesmo com vontade de arriscar, tinha o seu apoio. Tentar, meu caro, tentar sempre, doutor Ramon ainda lhe disse, contando-lhe em seguida a história de uma mulher, Pepa, a pessoa de quem ele mais havia gostado na vida, sem que esta jamais tivesse ficado sabendo, já que ele, enquanto ela esteve próxima, nunca teve coragem de lhe confessar o seu amor. E hoje, meu amigo, como me arrependo de não haver me declarado a ela, que era linda, muito linda. Começava a escurecer, ameaçava chover, e então o médico, enquanto acendia um cigarro e terminava aquela narrativa, aproveitou também para abrir-se ainda mais com o vosso pai, a quem disse, já com a voz engasgada, e sem conseguir esconder que estava sofrendo: é engraçada a vida, meu caro, me formei jovem, cheio de ilusões e, mesmo sem haver me declarado àquela mulher, de quem nunca mais consegui me esquecer, eu era feliz no meu país, onde tinha uma família, ambições profissionais e vivia em uma finca cercada de parreiras e montanhas, até que veio a guerra. E aí mataram o meu pai, dois dos meus irmãos, fuzilaram milhares, e eu então, para também não morrer, fui obrigado a mudar de lado, dizer que apoiava Franco, até ter uma oportunidade de fugir, como acabou acontecendo, quando cruzei a fronteira com Portugal, e de lá consegui vir aqui para a América do Sul. Falou assim, ficou em silêncio em seguida, depois deu uma profunda tragada no cigarro, passou o lenço na testa e prosseguiu dizendo que, embora ainda fosse um homem novo, já se sentia um velho. E mais: sem dinheiro, sem mulher, sem notícias dos parentes, dos poucos que restaram, e muito pior, meu caro, sem nenhuma vontade de voltar para a Espanha. Mas ainda bem — e então apontou para as gaiolas, dezenas delas, espalhadas pelas paredes — que tenho estes passarinhos, que são minhas únicas alegrias, além de amigos como você e Bárbara. Naquele dia o vosso pai, que também estava melancólico — depois de ficar ali por mais algum tempo —, pegou a bicicleta, pois há muito, para pagar dívidas, havia vendido o jipe. E, enquanto voltava para casa, e os primeiros pingos de chuva caíam, ele também começou a pensar na sua vida. E em mim, de quem nunca duvidara do amor, e que continuava esperando-o; em vocês, que talvez nem o conhecessem mais, e também na vossa avó, para quem nem ao menos escrevera, e que, aqui na cidade, continuava amaldiçoando-me por havê-lo deixado partir, como se eu fosse senhora do destino. Voltou também a pensar em Fausto, sempre me rodeando, na sua dívida para com ele, que aumentava a cada dia, e na necessidade de pagá-la, para assim resgatar, não só a nossa fazenda, mas sobretudo a sua honra. Pensou ainda no vosso avô, que, se estivesse vivo, com certeza estaria desaprovando tudo aquilo, já que sempre fora um homem de princípios definidos. Daqueles que, para se aconselharem, todos procuravam. Mas principalmente, naquela tarde, o vosso pai, que há mais de quatro anos estava ausente de nós, pensou mesmo foi em Bárbara e no relacionamento deles, que não era mais nem a sombra dos primeiros dias, quando, ao saírem daqui, começaram a se entregar a um sonho que aos poucos, em meio àquela poeira, e naquele lugarejo perdido, já estava se acabando. E, à medida que os pingos batiam no seu rosto, e ele, pedalando a bicicleta, voltava para casa, concluiu também que sua vida, do jeito que estava, não dava mais para continuar.

36

E foi assim, minhas filhas, que logo no dia seguinte, e sem dar maiores explicações à Bárbara, o vosso pai, de manhãzinha, pegou carona em um caminhão de madeira até Santa Maria do Suaçuí. Depois foi de ônibus até Governador Valadares, onde tomou um trem, e dois dias depois já se encontrava no escritório do doutor Cabral, em Belo Horizonte, tentando marcar uma audiência com ele. Os dois, nos velhos tempos, haviam sido colegas no Colégio Caraça, quando ainda, para lá, iam os filhos das principais famílias aqui da região e de toda Minas Gerais. Nós dormíamos no mesmo quarto..., quantas vezes, minhas filhas, o ouvi contar e repetir esta história. Mas, como não conseguiu no primeiro dia e nem no segundo marcar uma audiência, porque a agenda de sua excelência está muito cheia, conforme lhe disse a secretária, sem lhe dar maiores atenções, o vosso pai, que nunca foi de desistir fácil das coisas, voltou ao escritório pela terceira vez e tornou a insistir com aquela mulher, uma certa Anésia, que finalmente o ouviu e, depois de fazê-lo esperar mais algumas horas, entregou a ele, além de um bilhete escrito pelo próprio doutor Cabral desculpando-se pela demora em atendê-lo, devido às demandas do cargo, dois convites para um coquetel que, à noite, seria realizado no Cassino da Pampulha. Lá, meu caro, poderemos conversar com mais calma, escrevia o vice-governador. E assim aconteceu: uma orquestra tocava, toda a alta sociedade de Belo Horizonte estava lá; doutor Cabral, sempre muito assediado — e naquele dia sem a sua mulher de lado —, fazia questão de cumprimentar a todos. Dançou com várias moças, falou-lhes coisas aos ouvidos, tomou muito vinho, fumou um charuto, que o embaixador de Cuba, um certo Doutor Ramirez, lhe ofereceu, e só mais tarde, já quase na hora de ir embora, foi que ele se aproximou do vosso pai, que preferiu ficar sozinho em uma mesa afastada, tentando ser o mais discreto possível, e evitando, principalmente, ser visto por gente daqui, que naquela época lotava os salões de Belo Horizonte, na sombra do conterrâneo ilustre. Mas, por mais que quisesse não ser visto, o vosso pai não conseguiu, pois um homem, seu antigo conhecido e também ex-colega do Caraça, uma hora se aproximou dele e, após cumprimentá-lo efusivamente, pediu para assentar-se ao seu lado, e, após falar sobre várias coisas e relembrar histórias em comum, ele acabou contando ao vosso pai, porque sou seu amigo e talvez você não saiba, toda a verdade escondida: que Bárbara, a tal mulher com a qual você está morando lá no garimpo, e todo mundo já sabe, além de ser uma atriz fracassada aqui em Belo Horizonte, onde nunca conseguiu fazer sucesso, nem trabalhou como estrela em grandes peças, não foi à toa para Serra Dourada. Ela foi levada por Fausto, meu caro Ulisses, foi contratada, deliberadamente, para seduzi-lo, para fazer com que você perdesse a cabeça, como acabou acontecendo; para ver se assim — e me desculpe a franqueza — ele conseguia finalmente conquistar a sua mulher, pela qual sempre foi apaixonado. O homem disse isso, acendeu um cigarro, tomou mais uma dose de uísque, e, quando o vosso pai, que a princípio ficou mudo, sem querer acreditar no que estava ouvindo, finalmente começou a querer falar, neste momento já o doutor Cabral se aproximava de sua mesa. E, sem dar-lhe tempo, e depois de abraçar outra vez o homem que conversava com o vosso pai e também a ele, e outra vez pedindo desculpas pela nova falta de atenção, disse que já estava indo embora, pois preciso de me levantar muito cedo amanhã. Mas antes convidou o vosso pai para ir com ele, já que dentro do carro, como velhos amigos, poderemos conversar à vontade, sem ninguém para nos importunar. E assim aconteceu, e ali mesmo o vosso pai também se despediu daquele homem — o que havia lhe contado tudo — mas, na confusão da hora, não trocaram endereços nem telefones, e por isso não se viram mais. Também o que escutara já bastava. E uma meia hora depois, após perguntar por vários amigos que tinham em comum, e de se lembrarem da infância em Serra Dourada, o vice-governador, finalmente, o deixou na Avenida Paraná, no Oeste Hotel, onde também muitas vezes já me hospedei, depois de também prometer-lhe — cumprindo a promessa alguns meses depois — de lhe conseguir a concessão para que ele pudesse explorar, com plenos direitos, essa tal mina da Água Funda. Lavra esta — também o doutor Cabral acabou lhe confessando, enquanto se despediam — da qual ele nunca tinha ouvido falar. Mas sobre a qual um homem, que o vosso pai conhecera em São José da Safira, onde todos o julgavam louco, tinha garantido a ele que lá, procurando com cuidado, sangrando nos veios certos, as esmeraldas brotavam como areia. Ali eu vi sinais, aquele homem, que era meio esquisito, e vivia falando em coisas como cabala, oráculos e apocalipse, também afirmou ao vosso pai, que, já não tendo mesmo muito o que perder, resolveu então procurar o doutor Cabral e tentar a concessão para explorá-la. Mas agora, minhas filhas, que o jantar está pronto, vamos parar por aqui, tomar um banho, trocar de roupas, pois são quase sete da noite e agorinha mesmo ele vai chegar. E, além do mais, esta história, eu lhes digo, já está quase chegando ao seu final, como vocês logo irão ver.

37

Bárbara não estava em casa no dia em que o vosso pai, depois de haver ficado mais de um mês em Belo Horizonte, sem dar nenhuma notícia, finalmente voltou a São José da Safira, também sem avisar que estava chegando, pois para ele, após toda a verdade que havia escutado, já estava tudo acabado. Anabela, a empregada que o recebeu, teve muitas dificuldades para dizer-lhe que dona Bárbara não estava em casa, pois havia ido a um cabaré que, enquanto o senhor estava fora, abriram aqui na Safira. Ele então, na mesma hora, sentiu ferver-lhe o sangue, embora não a quisesse mais. Mal deixou as coisas em cima da mesa, tomou um copo d´água e foi direto ao quarto, onde pegou mais balas para o revólver, após conferir as outras, que estavam no tambor. E, sem dar ouvidos a Anabela, que lhe disse que não fosse, pois pode ser perigoso, ele se dirigiu para o cabaré, onde Bárbara, que estava usando o vestido que eu lhe dera, rodopiava no salão com um desconhecido, ao som de um bolero, vindo de uma radiola de pilha. E, quando o vosso pai foi chegando, todos os que estavam ali, os homens, principalmente, e entre eles Osmarinho, que mesmo após a morte de Souza permaneceu por lá, além do doutor Ramon e Darcy, todos fizeram silêncio. Os copos voltaram para as mesas, ninguém ousou dizer palavra, nem mesmo para cumprimentá-lo, e a música, no mesmo instante, parou de tocar. No ar, minhas filhas — foi o que todos pressentiram —, exalou um cheiro de sangue, que daí a pouco poderia estar fora das veias. Alguém julgou ver, e chegou a comentar baixo com um colega ao lado, que o vosso pai estava com uma arma na mão. O desconhecido que dançava com Bárbara, como que adivinhando a situação, na mesma hora se separou dela, porém não saiu de onde estava e continuou com as mãos na cintura, em uma atitude de desafio. Eu, querido, então ela falou, apontando para o vosso pai — e este, na hora, notou que ela estava bêbada —, só queria me divertir um pouco, já que você me deixou sozinha, sem ao menos dizer se iria voltar ou não. Porém ele não disse nada; também, como julgaram ver, não estava com arma nenhuma na mão e não chamou o estranho para a briga. Mas, e somente, caminhou em direção ao centro do salão, olhou bem dentro dos olhos do desconhecido, que sustentou a provocação, ignorou solenemente a presença das outras pessoas, inclusive de doutor Ramon, que tentou lhe dizer alguma coisa, e muito menos retribuiu ao cumprimento de Darcy e nem ao abraço que, nos instantes seguintes, Bárbara quis lhe dar. Mas apenas lhe disse, vamos embora, como se estivesse mais cumprindo uma obrigação do que lhe dando uma ordem. Falou e foi saindo, enquanto ela, de cabeça baixa, o seguiu com aquele vestido rendado, de colo mui devassado, com o qual foi se arrastando atrás dele por aquelas ruas empoeiradas e pobres de São José da Safira. Onde, naquela mesma noite, ante uns vizinhos perplexos, o que se viu foi o vosso pai, como um enfurecido, jogando pelas janelas quadros, roupas, sapatos e tudo o que daquela mulher ele encontrava pela frente, enquanto aos gritos e sem se importar com a presença das pessoas, lhe dizia eu sei de tudo, eu sei de tudo, sua vagabunda filha da puta, ao passo que Bárbara, aos prantos e quase de joelhos, só lhe pedia perdão. E, nos dias seguintes, o que todos passaram então a ver, já que o vosso pai a expulsou, foi uma mulher vagando pelas ruas e muito diferente daquela que, há mais de quatro anos, havia chegado ali, cheia de esperanças e paixão. E o vosso pai, durante o tempo em que ainda permaneceu naquele lugar, até receber os documentos da concessão da Água Funda e se mudar para lá, não lhe deu mais a menor importância. Era como se para ele, já não existisse Bárbara nenhuma, ela que, abandonada e sem dinheiro, passou a viver quase que como uma indigente, pois se recusava, de todas as maneiras, a pedir ajuda aos seus parentes que viviam em Belo Horizonte. Às vezes rondando a casa, muitas outras chamando alto pelo nome do vosso pai, ou então, coisa que nunca havia feito, a ficar horas e horas na igreja, de joelhos e com um terço nas mãos. Isso, minhas filhas, sem falar no dia em que ela, em um ato de desespero, chegou a cortar os pulsos e deu muito trabalho a doutor Ramon para estancar todo aquele sangue que, em golfadas, saltava de suas veias, desenhando pontos escuros no chão. Aquele médico, eu lhes digo, foi o apoio que ela teve durante o tempo em que também permaneceu em São José da Safira, já que Anabela e Darcy haviam seguido com o vosso pai para a lavra. E isso, toda essa degradação, durou até o dia em que, já totalmente desiludida, ela, mais uma vez, tentou se matar, e tomou quase um litro de gasolina, misturada com guaraná. Naquele dia, também, foi doutor Ramon que lhe salvou a vida, além de tê-la levado para a sua própria casa, onde então ela passou a viver. Até o dia em que, contra a vontade do médico, que eu creio, estava gostando dela, Bárbara resolveu procurar de novo a cigana, a mesma que, anos atrás, ela havia encontrado no Serro, e que estava ali com o seu bando. Quando a viu — e esta a reconheceu na hora — Bárbara sentiu um calafrio percorrer-lhe todo o corpo, mas aquela mulher, Narrimã, já havia tomado a sua mão. Isto é feitiço, gaja, feitiço que uma outra lhe causou... Aquela cigana, que via o futuro e o passado através das linhas das mãos e também nos cristais, lhe disse ainda, referindo-se a mim. Vejo ainda um vestido, gaja, um vestido vermelho... E então Narrimã, ali, naquele momento, a aconselhou, como única saída para a sua desgraça e como possibilidade de redenção, a voltar aqui a Serra Dourada, onde deveria, então, não só me pedir perdão pelo mal que havia me causado, como também me entregar esse vestido, que está dependurado neste prego, e sobre o qual vocês tanto perguntam. Porque é ele, gaja, ainda lhe disse a cigana, que mais azar está lhe dando e fazendo com que você só atraia sofrimentos e desgraças.

38

E foi assim, e quatro longos anos haviam se passado, que um dia o vosso pai, sem que eu ao menos sonhasse, chegou aqui, depois de haver ganhado muito dinheiro na Água Funda, onde as esmeraldas, como havia dito o homem que todos tomavam como louco, realmente brotaram como areia da terra. Ele estava em um bonito carro preto; um motorista, contratado em Belo Horizonte, o trazia. E fez questão, antes de vir para casa, para que todos o vissem, de passar pelo largo da Catedral. Vestia um terno de linho branco, protegido por um guarda-pó, como se usava na época, e também um relógio Omega, o mesmo que até hoje ainda está no seu pulso. Para o carro aqui, ele disse ao motorista, quando passavam em frente ao laboratório de seu

Pequeno, onde — e na hora estranhou — estava acontecendo alguma coisa, pelo tumulto que ali se formara, com soldados isolando o local. Então ele desceu, disse ao motorista que o esperasse, algumas pessoas o olharam, assim meio espantadas, e quando ia perguntando o que estava acontecendo, viu que seu Pequeno, já algemado, e com a camisa manchada de sangue, estava saindo quase que arrastado por dois soldados. Não se intrometa, pois isso não é de sua competência, falou um deles, quando o vosso pai, se aproximando, tentou interferir, dizendo que não fizessem aquilo, pois ele se responsabilizaria pelo preso. Outras pessoas, das tantas que assistiam àquela cena, também já haviam tentado o mesmo. Surpreso ao vê-lo, e mesmo naquelas condições, seu Pequeno, que ficaria dois meses preso em Belo Horizonte, onde, em nenhum momento, mesmo enquanto apanhava, negou que era comunista, ainda disse, em um tom de desafio: é isso, meu amigo, o que acontece na democracia de Vargas. Então o vosso pai, ainda sem saber direito o que estava se passando, tentou de novo conversar com os soldados, outra vez foi ameaçado, e, no instante seguinte, assim que jogaram o fotógrafo dentro do carro, o vosso pai, sem saber direito por que, foi entrando no velho laboratório do amigo.

Fotografias, trabalhos à mão, negativos, tudo estava espalhado no chão. Também, destruída, ele viu a velha máquina fotográfica com a qual, durante anos, seu Pequeno foi registrando, no dia a dia, todo o que acontecia por aqui e nas redondezas. Quando ia saindo, depois de olhar desolado para tudo aquilo, o vosso pai viu no chão, no meio de tantas outras, um retrato seu abraçado com Bárbara, em uma noite no Cabaret de dona Vanda, poucos dias antes de começarem aquela viagem, que estava chegando ao seu fim. Abaixando-se, ele olhou para os lados, para ver se ninguém o observava: apanhou-a, ficou com ela por uns segundos, contemplando-a sem reação, até que, ali mesmo, resolveu rasgá-la, como já havia feito com as outras, em dezenas de pedacinhos, deixando que estes, devagar, fossem escorrendo de suas mãos, até se perderem em meio àquela confusão em que havia se transformado o laboratório do seu velho amigo. Estou pronto, disse a si mesmo, para ir ao encontro de minha mulher e das minhas filhas, que, tenho certeza, estão me esperando. E foi assim que, minutos depois, após dispensar o motorista, pois quero chegar a pé em casa, para que todos vejam que estou voltando, ele se pegou indo para o escritório de Fausto, onde tinha ainda de acertar umas contas, antes de chegar aqui. Dois meninos carregavam as suas malas. Pelas ruas, todos o olhavam, e ele, com pequenos toques no chapéu, a alguns ia cumprimentando, até que, após caminhar uns poucos quarteirões, chegou finalmente ao escritório, no qual, sem pedir licença, foi entrando. O primeiro que viu foi Osmarinho, que também havia voltado dos garimpos, algum tempo após a morte do Souza. E em seguida, buscando com os olhos, encontrou Fausto em uma mesa dos fundos. Ele quase não havia mudado e mantinha a mesma postura de sempre. Conversava com dois homens, que vosso pai não conhecia, e com eles tomava um Martini. Doutor Astor, como sempre, também estava ao seu lado, mas parecia não participar da conversa. Os meninos, com as malas, ficaram esperando na porta, enquanto o vosso pai, sem nenhuma cerimônia, foi se aproximando e, puxando uma cadeira, se assentou ao lado deles. Mas que surpresa em revê-lo, foi só o que Fausto disse, enquanto tentava apresentá-lo aos outros dois homens, que pareciam estrangeiros e aos quais pedia desculpas, pela falta de modos desse cavalheiro. Fausto!, então o vosso pai lhe disse, onde está a minha promissória?, pois vou te pagar agora. Calma, meu rapaz, calma... mas primeiro me responda, por onde anda a sua amada Bárbara? Isso não é da sua conta, meu caro, e só a mim diz respeito. E nos instantes seguintes, sem prosseguir naquela conversa, e já com o documento nas mãos, e mais: depois de pagar a sua dívida com dinheiro vivo, que tirou de uma das malas, o vosso pai, como se nada tivesse acontecido, ainda mandou que um dos meninos lhe comprasse uma garrafa de álcool, em uma farmácia que ficava frente ao escritório. E ali mesmo, na vista de todos, sem que Fausto dissesse uma palavra, ele não só queimou a promissória, como também resgatou de novo a nossa fazenda e o seu direito de, novamente, andar de cabeça erguida e poder olhar todos de frente pelas ruas dessa cidade. Fez isso e foi saindo. Os meninos, com as malas, o acompanharam, enquanto ele, bem devagar, começava a subir a rua, que finalmente o traria ao nosso encontro.

39

Mas o que ele, minhas filhas, jamais poderia imaginar era que, naquele mesmo instante, aqui na escada da nossa casa, eu e uma mulher, que também havia voltado, estávamos tendo uma última e definitiva conversa, já que o mundo é grande e pequeno, como são as coisas da vida.

40

Foi em uma tarde bem parecida com esta, fazia frio demais, e o jantar, que eu havia terminado de fazer, não chegava nem aos pés deste que preparamos hoje, e só ao vosso pai estamos aguardando. Minhas filhas, eu tecia, para o tempo passar, uma toalhinha de rendas, quando assim, bem de mansinho, alguém bateu à porta. Meu Deus, quem será?, no mesmo instante pensei; senti um leve tremor, uma sensação esquisita, e até a agulha, sem que eu percebesse, de minhas mãos escapou. Deixei o tecido de lado, passei os dedos nos cabelos, ajeitei o casaco, fiz o nome do pai, e então fui atender, pois outra vez, bem devagar, à porta estavam batendo. Meninas, a princípio, não pude saber quem era, embora, aqui em Serra Dourada, todo mundo se conhecesse. Mas, de repente, senti uma sensação estranha e uma coisa bem de dentro a mim foi revelando a verdade. Respirei fundo, estufei o peito, não a convidei para entrar, porém olhei dentro dos seus olhos, que na mesma hora se abaixaram. É ela, tive certeza. Sim, minhas filhas, era aquela mulher, que me aparecia sem nada. Naquela hora um silêncio, grande e terrível, se estabeleceu entre nós, comigo olhando nos seus olhos, que pouco me fixavam. Eu, em cima na escada, ela, abaixo, três degraus, bem igualzinho, só que ao contrário, como havia sido no dia do meu inferno, quando fui pedir a ela que com o vosso pai dormisse. Meninas, eu lhes confesso, senti um início de pena, porém me lembrando de tudo, que por ela havia passado, aquele sentimento, de lado, no mesmo instante deixei. Quase pobre, já desfeita, com uma malinha na mão, era ela, Bárbara, que, uma vez, à vossa mãe muito havia humilhado. *Dona, me disse baixinho, não te dou vosso marido, que não sei onde ele anda...* Olhe para mim..., com autoridade falei, enquanto ajeitava o casaco, que estava nas minhas costas. Ela, então timidamente, foi levantando a cabeça, e notei que tia Zilá, da janela de sua casa, a tudo assistia, e olhava para mim, fazia gestos, como se alguma coisa, com muita urgência, necessitasse de me falar. Porém fiz que não a vi, pois aquele momento só a mim e a Bárbara pertencia, e eu tinha certeza de que, nunca mais, ele iria se repetir. Pode falar, estou ouvindo, eu lhe disse inteira, mas tentando afastar do coração, embora não fosse fácil, todo desejo de vingança, que ali, naquela hora, voltava com muita força. Então ela tornou a repetir com uma voz quase sumida, *não te dou vosso marido, que não sei onde ele anda. Mas te dou este vestido...* Vestido? Que vestido...?, perguntei com ironia, ao mesmo tempo em que, talvez o que fosse ódio, ali eu tentava frear. Vestido?, mas que vestido...?, à Bárbara voltei a indagar, para dali em diante, não dizer mais nenhuma palavra. E ela, outra vez, já quase implorando: *última peça de luxo, que guardei como lembrança...* Minhas filhas, naquele instante, ao ver aquele vestido, que ali naquele prego está, nas mãos daquela mulher, os meus olhos, lhes digo, começaram a me trair, pois as lembranças, outras vez, voltaram àquele dia que, ainda vivo, estava latejando no meu coração. Porém ela, Bárbara, já tornava a dizer: *Eu não tinha amor por ele*, e os olhos dela, nos meus, parece que suplicavam, *ao depois amor pegou...*, e a sua voz, ainda mais baixinho, quase sumindo já estava, enquanto ela dizia, pegou ainda na viagem, que pros garimpos fizemos... Minhas filhas, ouvir aquilo não foi fácil para mim, e só de pensar no vosso pai, com aquela mulher dormindo... Mas aí, ela já continuava a falar... *Mas então ele enjoado confessou que só gostava de mim como eu era dantes.* Ah!, meninas, minha boca nenhuma palavra disse, enquanto Bárbara com sua história continuava, e, às vezes, os seus olhos se encontravam com os meus, que dos dela não desviaram, quando ela assim prosseguia: *me joguei as suas plantas... fiz toda sorte de dengo* ... E tia Zilá da janela não saía, fazendo gesto para mim, e para a rua apontando, enquanto eu, ali na escada, ouvia aquela confissão: *no chão rocei minha cara, me puxei pelos cabelos, me lancei na correnteza...* Eu olhava para ela, a boca não dizia palavra, mas toda a minha vida naquela hora voltava, assim que a dama de longe, com voz baixa prosseguia: *me cortei de canivete, me atirei no sumidouro*, e, como prova, os pulsos, todos lanhados, para mim ela estendeu. *Bebi fel e gasolina, rezei duzentas novenas, dona, de nada valeu: vosso marido sumiu.* Meninas, ao ouvir, sumiu, outra vez o tremor todo o meu corpo assaltou, e de novo vi tia Zilá, que para a rua apontava. Mas aí, então... *Aqui trago minha roupa, que recorda meu malfeito...* e ela, Bárbara, as suas mãos me estendia, *de ofender dona casada, pisando no seu orgulho.* E outra vez os olhos dela, humildes, buscavam os meus. Tia Zilá, desistindo, com seus gestos havia parado, e nada, nem gente, nem bicho, na nossa porta se via, enquanto nossas vidas a limpo iam sendo passadas. *Recebei esse vestido*, e também esse diário, no qual minha história narrei. E os braços dela, estendidos, na minha direção estavam. Eu, que naquela hora, desci um degrau na escada. *Olhei para a cara dela...* em meu coração, nem ódio, nem piedade, apenas um sentimento esquisito, que não consigo definir. *Quede olhos cintilantes, quede graça de sorriso, quede colo de camélia...?* Meninas, ali, naquilo tudo eu pensava, e tornei a vê-la de novo, lá naquela pracinha, e eu aos seus pés implorando, que ao vosso pai aceitasse. Tudo, porém, ali estava sendo diferente. Ela, com os braços estendidos, eu, olhando na sua cara, e entre nós só o entardecer, que a tudo testemunhava. *Quede aquela cinturinha, delgada como jeitosa? Quede pezinhos calçados, com sandálias de cetim?* Olhei muito para ela e fiquei ainda mais calada. Porém, assim num rompante, e também não sei por quê, o meu casaco tirei e, me aproximando dela — e senti que encolhia —, nos seus ombros coloquei. *Peguei o vestido, pus nesse prego da parede*, e também recebi o diário, no qual tudo fiquei sabendo. E foi só devido a ele, e a conversas soltas, pescadas aqui e ali, com os que dos garimpos da Mata voltavam, e, não posso deixar de dizer, pois seria torpeza minha, nas revelações, que, pouco a pouco, a mim foram feitas por vosso pai, que a vocês pude narrar essa história. Aí, minhas filhas, *ela se foi de mansinho, e já na ponta da estrada, vosso pai aparecia*. Eu, juro por Deus, achei que fosse uma visão, de tão transtornada que fiquei, enquanto tia Zilá, lá na janela, não parava de sorrir, me acenando com as mãos. Meninas, ele veio vindo, caminhava devagar, mas estava decidido. E assim começou a subir estes degraus, depois de receber as malas, que os dois meninos traziam. A eles deu um dinheiro, olhou para mim em silêncio, mal reparou no vestido, que estava em minhas mãos, e foi entrando casa adentro, com aqueles passos ritmados, em direção à cozinha, enquanto eu, sem acreditar, como que hipnotizada o seguia: *Mulher, põe mais um prato na mesa*, assim ele foi dizendo. *Eu fiz, ele se assentou*, sorriu para vocês, que estavam meio assustadas, mas de perto dele não saíam. *Comeu, limpou o suor, era sempre o mesmo homem.* Como se estivesse sonhando, fui até ao filtro, enchi o copo d'água, pois sabia que era assim que ele gostava que eu fizesse, na hora das refeições. E fiquei olhando, olhando... *comia meio de lado e nem estava mais velho.* Pegou a água, bebeu. *O barulho da comida na boca me acalentava*, e de novo sorriu para vocês, que os braços já estendiam. Em pé, ali ao seu lado, eu continuava a olhá-lo, e aquilo *me dava uma grande paz, um sentimento esquisito, de que tudo foi um sonho, vestido não há... nem nada.* Ele então se levantou, passou, como sempre fazia, as costas das mãos no bigode, e a vocês duas se abraçou, enquanto também me puxava, de novo para os seus braços... Mas, agora, eu lhes peço, vamos parar por aqui, pois desta vez, tenho certeza, é *vosso pai subindo a escada.*

Belo Horizonte, 12/5/03.

UMA VIDA E UMA OBRA NOS SERTÕES DE MINAS GERAIS

Carlos Herculano de Oliveira Lopes nasceu em Coluna, no Vale do Rio Doce, MG, em 23 de outubro de 1956, e naquela cidade viveu até os 11 anos, quando foi estudar em Belo Horizonte. Chegou à capital mineira em dezembro de 1968 e foi matriculado no Colégio Arnaldo, dirigido por padres Verbitas. Formado em jornalismo pela Faculdade de Filosofia FAFI/BH, começou a trabalhar no *Estado de Minas* em 1979, para onde foi levado pelo jornalista Carlos Felipe. No *EM*, como era chamado aquele periódico, permaneceu por vários anos, e durante 14 deles foi um dos seus mais lidos cronistas. Espaço

© Arquivo pessoal

Coluna, no Vale do Rio Doce, MG: o escritor deixou a cidade natal aos 11 anos

que dividia, entre outros, com Affonso Romano de Sant'Anna, Frei Betto, Marina Colasanti e Fernando Brant.

Publicou por conta própria o seu primeiro livro, o volume de contos *O sol nas paredes*, aos 24 anos, em 1980. Sobre esse livro escreveu Jorge Amado, em carta ao autor: "A sua ficção nasce de uma poesia, o que lhe dá uma dimensão quase mágica". A ele seguiram-se vários outros, como os romances *A dança dos cabelos*, vencedor dos prêmios Guimarães

Belo Horizonte: Carlos Herculano fez carreira como jornalista e escritor na capital mineira

Rosa e Lei Sarney, como Autor Revelação de 1987; *Sombras de julho*, vencedor da Quinta Bienal Nestlé de Literatura Brasileira de 1990, levado às telas pelo diretor Marco Altberg, e lançado na Itália pela Editora Il Filo. Com *O Vestido*, também lançado na Itália, pela Editora Cavallo di Ferro, com tradução da professora Mariagrazia Russo, da Universidade de Viterbo, foi um dos finalistas do Prêmio Jabuti, em 2005. O livro foi filmado pelo diretor Paulo

Com a escritora Nélida Piñon, em sua casa, no Rio, 2017

Com a escritora Zélia Gattai, em Salvador, Bahia, 1998

Thiago, tendo no elenco, entre outros, as atrizes Gabriela Duarte e Ana Beatriz Nogueira. Outro romance seu, *Poltrona 27*, um dos finalistas do Prêmio Portugal Telecom, em 2012, foi igualmente

Com as poetas Thais Guimarães e Adélia Prado, em Ouro Preto, Monas Gerais, 2010

© Arquivo pessoal

Com Fernando Sabino, na Biblioteca Mário de Andrade, São Paulo, 1996

filmado por Paulo Thiago, numa série de cinco episódios, para o Canal Brasil. Já com o volume de contos *Coração aos pulos*, recebeu o Prêmio Especial do Júri, da União Brasileira de Escritores, e pelo conjunto da obra foi ainda um dos finalistas do Prêmio Jorge Amado.

Carlos Herculano Lopes, que vive em Belo Horizonte, lançou ainda vários livros de crônicas, como *O pescador de latinhas*, *Entre BH e Texas*, e *A mulher dos sapatos vermelhos*. Em 2010 doou todo o seu acervo particular, acumulado durante mais de 40 anos, para

Com o fotógrafo Sebastião Salgado, em entrevista para o Estado de Minas, *2014*

© Arquivo pessoal

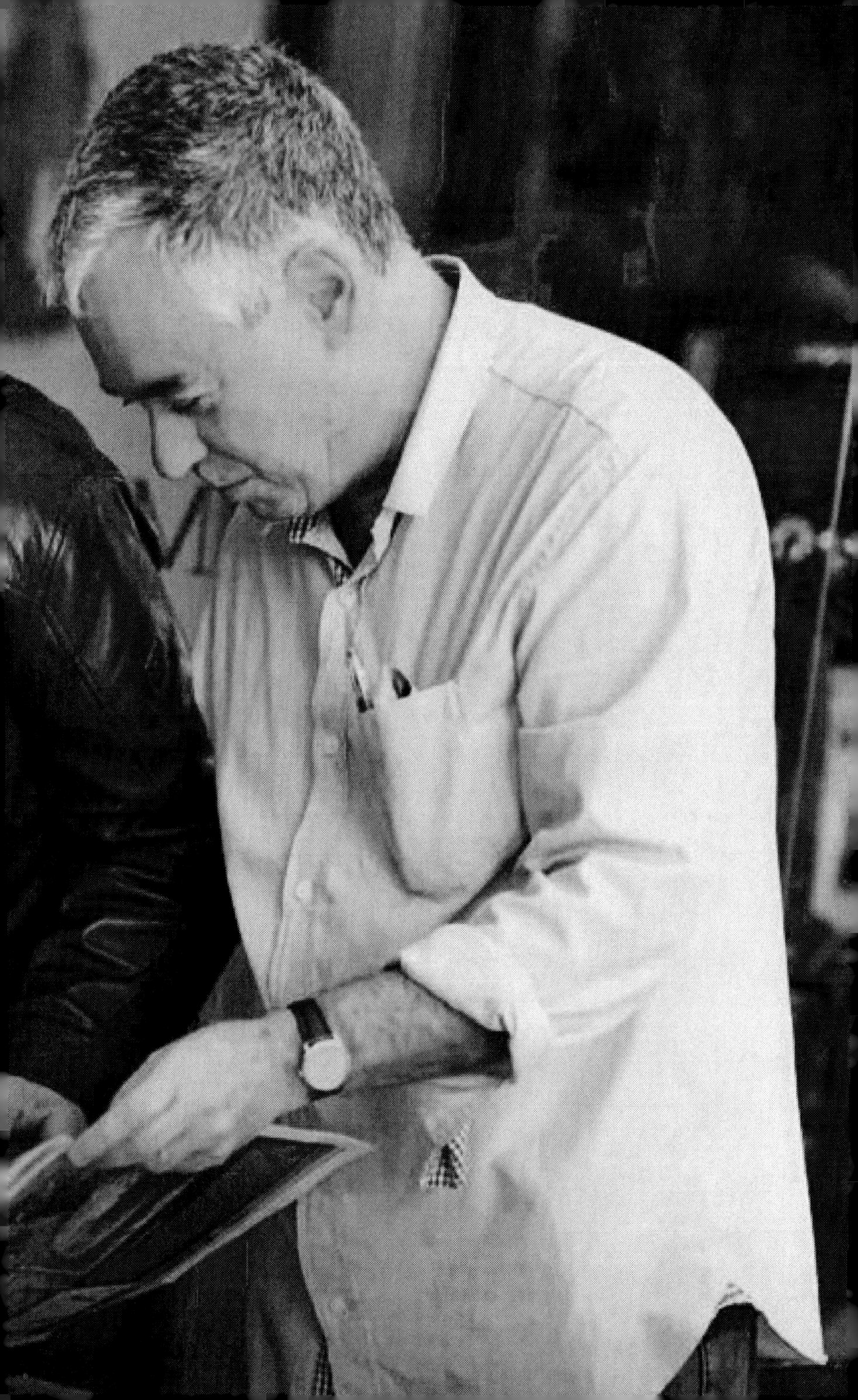

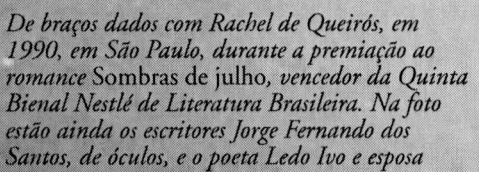

De braços dados com Rachel de Queirós, em 1990, em São Paulo, durante a premiação ao romance Sombras de julho, *vencedor da Quinta Bienal Nestlé de Literatura Brasileira. Na foto estão ainda os escritores Jorge Fernando dos Santos, de óculos, e o poeta Ledo Ivo e esposa*

ADONIAS FILHO
1915/1990

FAMÍLIA · TERRA · OBJETOS

© Arquivo pessoal

Carlos Herculano Lopes vive em BH, mas sempre volta à cidade natal

o Acervo dos Escritores Mineiros da UFMG, onde figura ao lado, entre outros, dos escritores Oswaldo França Júnior, Murilo Rubião, Lúcia Machado de Almeida e Abar Renault. Carlos Herculano Lopes e Frei Betto são os únicos escritores vivos cujas obras integram o patrimônio do Acervo.

Suas memórias de infância, que começaram a ser escritas quando criança, foram lançadas pela Editora da UFMG, com o título de *O estilingue, histórias de um menino*. Dentre os vários trabalhos publicados sobre a sua obra, Herculano Lopes destaca "A maldição de Eva: vozes femininas nos romances *A dança dos cabelos*, *Sombras de julho* e *O Vestido*, de Carlos Herculano Lopes", da professora Roseli Deienno

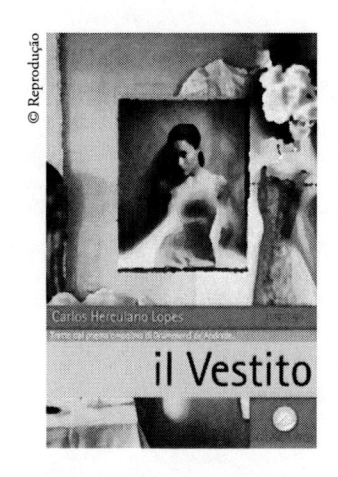

O vestido
foi publicado na Itália pela editora Cavallo di Ferro

Braff, tese de doutorado apresentada ao Programa de Pós-Graduação da Faculdade de Ciências e Letras – Unesp/Araraquara, como requisito para obtenção do título de Doutor em Estudos Literários. Com 64 anos, o escritor e jornalista continua vivendo em Belo Horizonte, com constantes idas à sua cidade natal, Coluna/MG, com a qual nunca perdeu o vínculo, e onde tem uma pequena fazenda de criação de gado.

O Vestido

UMA HISTÓRIA DE AMOR E PERDÃO, NOS SERTÕES DE MINAS GERAIS, PODE FAZER MILAGRES

Por Maria Antonieta Antunes Cunha

Caras Leitoras,
e Caros Leitores:

Situações interessantes marcam esta obra que acabaram de ler — *O Vestido* — desde a sua construção, cheia de voltas, pelo escritor mineiro Carlos Herculano Lopes.

Este romance nasce do argumento feito pelo escritor para um filme de outro mineiro, Paulo Thiago, diretor que há muito queria filmar a história narrada em um dos poemas mais famosos de um terceiro mineiro, o nunca suficientemente celebrado Carlos Drummond de Andrade. O poema, "Caso do vestido", foi publicado no livro *A Rosa do Povo*, de 1945. Se não o conhecem ainda, com toda certeza esse "poema-drama-narrativo" lhes será apresentado em breve.

Explicamos tantos pormenores para que vocês, que acabam de ler o romance, estejam à vontade para pensar (e em outro momento vão dizer a seus professores) que, embora envolvente e com tantos desvios e surpresas que prendem o leitor, vários dramas que se superpõem na narrativa não seriam possivelmente vividos por pessoas do seu entorno, em situações próximas das que vivem personagens do romance. Pode ser que vocês tenham saído da leitura deste livro como de certos filmes, com um incômodo meio indefinido, e festejando estarem vivendo no século XXI, e não no meio do século passado.

Essa percepção, certamente, foi a que esperavam os três mineiros, que, também com alguma distância temporal, retratam com uma delicadeza extrema um drama central, que se apresenta sintético, como convém ao gênero lírico, mais circunstanciado no filme, e mais ainda alongado, com desdobramentos que estudaremos mais adiante, no romance. Afinal, de forma semelhante saíram de narrativas como *Dom Casmurro*, ou *Memórias Póstumas de Brás Cubas*, ou de filmes como *Platoon* e *A escolha de Sofia*. A beleza dessas histórias, narradas magistralmente por escritores ou diretores de cinema, nos emociona, e nos deixa um gosto meio amargo na boca. No entanto, muitas vezes sentimos vontade de ler e rever essas histórias.

Qual é o drama do poema, que tem comovido leitores de várias gerações e sensibilizou tão especialmente esses outros dois artistas a ponto de o retomarem e o transportarem para outras formas artísticas — o cinema e o romance? A esposa (e mãe) que, a pedido do marido, vai implorar a uma outra mulher de longe que aceite dormir com ele. Não é preciso ter o lugar de fala feminino para considerar ultrajante essa cena, a que voltaremos mais adiante.

Pois — vocês viram — Carlos Herculano vai mais longe: na sua narrativa, vão surgindo outras mazelas da sociedade, no século passado, mas muito especialmente na região em que se passa a história: uma cidade com o hipotético nome de Serra Dourada (Diamantina?), situada no Vale do Rio Doce, região conhecida pela violência, à época.

Com mais razão ainda, vocês devem ter sentido alívio por estarem no final do Ensino Médio, podendo conhecer com distanciamento fatos sociais, políticos e familiares que, no romance, vão de setembro de 1949, quando da chegada a Serra Dourada de Bárbara, "a dona de longe", até o "Mulher, põe mais um prato na mesa", aproximadamente em 1954, dito por Ulisses, marido da humilhada Ângela, que tinha ido pedir à outra que "tivesse paciência e fosse dormir com ele".

Todos esses acontecimentos com que Carlos Herculano recheia o romance são absolutamente plausíveis e verossímeis, na época do ultraje a que se submeteu Ângela. Às vezes disfarçados, às vezes aumentados, os fatos são parte da história do Brasil e de Minas Gerais, e a paisagem mineira está aí, claramente exposta. (Resta saber se são "fatos mortos e enterrados", como Ângela se refere a seu drama.)

E, para tratar de tudo isso, vimos convidá-los, a partir de agora, a começar a fazer conosco uma segunda leitura (porque ela continuará, conduzida na sala de aula, com seus professores) desta obra e conhecer melhor esta narrativa, que poderíamos chamar de crônica da vida em terras mineiras, em meados do século XX, tal é o conhecimento que o autor tem da região, de fatos e de pessoas que inspiraram suas personagens. Ele nasceu, e viveu até o início da adolescência, em Coluna, cidade muitas vezes citada na história.

Aliás, sobre o escritor Carlos Herculano Lopes vocês já devem ter visto uma biografia alentada, com a indicação de tantos prêmios e de títulos seus levados também para a televisão e para o cinema. Mas gostaríamos de chamar a atenção de vocês para um dado de sua infância: ele escutou de familiares e de babás uma infinidade de histórias, não só de figurões, mas de escravos que viveram na região, além das narrativas que vinham da tradição oral, envolvendo fantasmas, mulas sem cabeça, lobisomens. Não por acaso se tornou um grande contador de histórias, a ponto de seus colegas, já em escolas de Belo Horizonte, se reunirem à volta dele, no recreio, para ouvir histórias que os meninos da cidade grande não conheciam.

Voltemos ao nosso convite. Vocês devem ter algumas obras literárias que já mereceram várias leituras suas. Isso mesmo deve acontecer com músicas e filmes, por exemplo. Essas preferências (e todos nós temos as nossas) são sempre importantes, e podem acompanhar cada um ao longo da vida, e vão ampliando-se, com o passar dos anos e o volume das experiências. Vão constituir o repertório cultural de cada um, formando seu senso estético.

E, se essas obras — de literatura, por exemplo — são mesmo de qualidade, os leitores vão descobrindo detalhes e aspectos novos, que passaram despercebidos nas leituras anteriores. (Por isso, até tratamos das obras de arte como inesgotáveis.)

Acontece sempre isto: a boa obra de arte cresce com as releituras e com o nosso crescimento. No primeiro contato com ela, ocorre, sobretudo, a pura fruição, a "curtição" do livro, do filme, da música. Também os especialistas em arte fazem essa primeira leitura, mais descontraída, tendo com ela uma relação simplesmente de maior ou menor prazer. E voltam a ela, para outras leituras, se for preciso, para uma análise mais aprofundada.

Na escola, essa releitura também é importante. Não é preciso ser feita de todas as obras indicadas com intenção de sugerir leituras espontâneas e optativas dos alunos. Mas, quando o objetivo é qualificar a leituras deles, vão propor-lhes sempre a releitura e a discussão de algumas obras selecionadas.

E é esse o exercício que propomos a vocês, com o intuito de lhes apresentar o que a obra lida — no caso, *O Vestido* — tem de mais significativo, segundo nossas leituras. Observando alguns novos ângulos da obra, talvez vocês a apreciem mais, ou, mesmo considerando esses novos elementos, o interesse pela obra não altere especialmente — o que é muito normal. Mais importante que isso, e o que pretendemos com a segunda leitura é, ao alargar a visão em torno desta obra, ajudá-los a ler com mais acuidade qualquer obra literária, o que, afinal de contas, significa ter olhos mais abertos para o mundo e entendê-lo melhor.

Sabemos perfeitamente que essa segunda leitura pode ter interesse diverso para cada um de vocês, em função de suas experiências e preferências de lazer e mesmo de leitura. E sempre levamos em conta um dado fundamental da arte: qualquer expressão artística admite interpretações e reações muito diversas. Isso se deve ao fato de a arte lidar basicamente com a ambiguidade: sua linguagem é sempre feita com elementos que permitem muitas significações. Nossa conversa vai procurar mostrar essas possibilidades, aceitar divergências, ampliar horizontes. Afinal, ajudar vocês todos a encontrar argumentos para suas interpretações e, segundo suas escolhas, trilhar caminhos pessoais, na busca da leitura que acompanhará cada um, ao longo da vida.

1 – Aspectos importantes de *O Vestido*

Tratemos, antes de mais nada, do gênero desta obra: o romance. Certamente vocês já têm familiaridade não só com esse tipo de narrativa, mas também com outros, que constituem o chamado "gênero épico, ou narrativo". Estão acostumados a ler também contos e novelas.

Apenas a título de recapitulação, e simplificadamente, lembremos aqui que esse gênero é aquele que apresenta um **narrador**, que conta um **acontecimento** (ou muitos), transcorrido em **algum lugar**, em **determinado tempo**, em torno de **personagens**.

Essas podem ir de uma galinha, como no conto de Clarice Lispector, a figuras imaginárias, irreais, como os monstros de Harry Potter. Conforme a importância delas nos acontecimentos narrados, as personagens podem ser **protagonistas** (principais, incluindo o vilão, se houver), ou **secundárias**, como têm importância relativa no desenrolar da história.

O **narrador** é elemento fundamental de qualquer narrativa. Ele pode ser personagem — principal ou secundária; ou pode ser apenas um **observador**, que relata o que viu ou lhe contaram. Muitas vezes, ele é tão poderoso, que pode estar em qualquer lugar, ou em vários lugares ao mesmo tempo, e consegue até conhecer os pensamentos mais íntimos das personagens. É chamado **onisciente.** Isso quer dizer que a narrativa chega ao leitor pelo olhar e pela voz do narrador (é o chamado **foco narrativo**), que tem todas as condições de moldar personagens e acontecimentos segundo o lugar de onde ele narra, com as suas posições e simpatias.

O **enredo** (ou trama) é a forma como o autor organiza os acontecimentos, e se estrutura basicamente em três partes: introdução; desenvolvimento, com complicação e clímax; resolução e desfecho. Há outras formas de indicar essas partes, mas, no caso deste nosso romance, vamos preferir considerá-las desse modo.

Outro dado importante, na organização do enredo, diz respeito ao tempo da narrativa, que pode seguir a ordem dos acontecimentos, chamado **linear**, ou mesclar a ordem dos acontecimentos, em função de lembranças, ou emoções das personagens, o chamado tempo **psicológico**.

Todos esses ingredientes apresentam-se em todas as formas narrativas, com importância variada. Delas, a forma mais curta é o conto, marcado pela concisão e por ter quase todos esses elementos em número mínimo. A maior delas é exatamente o romance, em geral com muitos núcleos de ação, muitas personagens, possibilitando episódios também numerosos, o que torna a narrativa muito mais ampla e prolongada no tempo. A novela está entre essas duas possibilidades narrativas, aproximando-se mais do romance, a ponto de, em certos casos, permitir polêmicas quanto à sua classificação.

No caso de *O Vestido*, não cabe a dúvida: trata-se de um romance de fôlego, que apresenta algumas características muito especiais, que passamos a indicar.

2 – A ORGANIZAÇÃO DA TRAMA

Comecemos por indicar a que nos parece a melhor divisão do enredo, porque ele apresenta já uma grande novidade.

INTRODUÇÃO.
Essa parte, que alguns teóricos chamam de orientação, engloba os três primeiros capítulos. No primeiro, temos quatro personagens apresentadas, algumas com muita sutileza. E um objeto misterioso, e presente na vida de todos da casa: um vestido. Aparecem duas jovens, de idade indefinida, possivelmente recém-saídas da adolescência, cuja voz não se escuta: a mãe, Ângela, é que, de alguma forma, interpreta suas falas. São mencionados: a mulher que usava o vestido (Bárbara, visitante, vinda de Belo Horizonte), seu amigo (Fausto), o marido de Ângela (Ulisses). Nos dois outros, numa festa organizada em homenagem a Bárbara, hóspede de Fausto, aparecem outras personagens (a mãe deste, alguns casais, o padre Olímpio, os guarda-costas de Fausto, seresteiros) e características — inclusive as orientações e brigas políticas — da cidade, Serra Dourada, cenário principal da história,

Nesta introdução, nós, leitores, já percebemos que a narradora da história será Ângela, que passou por um grande sofrimento, relacionado com o vestido e com Bárbara. Sabemos também que, nesse momento da narrativa, o problema estava superado, e volta apenas como sombra, em noites de insônia. Possivelmente, o sofrimento tem a ver com o marido, dado que nada pode ser narrado na presença dele, como recomenda a mãe: *"Vosso pai chega ao pátio; disfarcemos."* (Por medo, ou por discrição?)

Já sabemos que a história será contada do ponto de vista de Ângela, e que já vamos conhecer, com as filhas, os acontecimentos em tom emocional, tenso, ainda magoado, e certamente muito vívidos na cabeça e no coração da narradora.

Da cena presente, a mãe faz uma volta a um passado de talvez quinze anos antes — o início de setembro de 1949. E já nos preparamos para ouvir, até o fim, a narrativa, que certamente terminará com a volta aos dias e à cena que abre o primeiro capítulo: a mãe encerra a história exatamente quando, ao contrário do que imaginou algumas vezes, ao longo da narração para as filhas, o marido vem subindo a escada.

Esse expediente de um narrador suspender a conversa do momento para voltar atrás no tempo, em função de uma lembrança, ou de uma imposição, como no caso do pedido das filhas, em *O Vestido,* é chamado **flashback,** e é usado com frequência na literatura e no cinema.

Depois da introdução, nossa narrativa, sempre na voz de Ângela, vai avançar em complicação: o leitor, mais ainda do que a narradora, vai perceber o envolvimento cada vez mais forte e visível de Ulisses com Bárbara. Na construção dessa complicação, que vai do capítulo 4 ao 17, os desvarios de Ulisses e a insinuação de Bárbara vão crescendo, mobilizando a atenção de toda a cidade, nas festas de fim de ano, nas idas à rua do Mota (onde ficava o Cabaret), nas bebedeiras, onde Bárbara e Ulisses estavam inseparáveis. Eventuais conselhos, especialmente de tia Zilá, amiga de todas as horas, não são suficientes para convencer Ângela (ou ela admitir) dos transtornos de Ulisses.

Da complicação, chegamos a um primeiro clímax, que abrange apenas os capítulos 18 e 19, quando Ulisses confessa (e precisava?) a Ângela sua paixão por Bárbara e pede que ela vá fazer o que a outra exigiu: que fosse até ela pedir que dormisse com ele. Depois de Ulisses, desesperado, tentar suicídio, afogando-se nas águas do Jequitinhonha, sendo salvo pelo caseiro e por ela mesma, Ângela decide que vai fazer o pedido humilhante. Não por acaso, o capítulo 19, em que ela e Ulisses caminham pelas ruas da cidade, sob o olhar incrédulo de todos, até a casa de Fausto, onde fará o pedido a Bárbara, é o mais longo de toda a narrativa: é a descrição, minuto a minuto, dos sentimentos mais contraditórios, das lembranças mais fortes, do diálogo mais difícil com o marido e com Bárbara.

Do capítulo 20 ao 31, vamos ver a narradora desenvolver a história para as filhas (muitas vezes interrogadas sobre a interrupção da narração) com dois focos, diferentes em tudo: de dois em dois, os capítulos vão alternando relatos ora da vida do novo casal, ora da vida de Ângela.

E esses capítulos vão mostrar curvas opostas: enquanto a vida dos dois, incialmente de grande paixão e alegria, em andanças despreocupadas pelas terras mineiras, vai deteriorando-se pelas dificuldades, pelo aborto de Bárbara, até o desencanto, a vida de Ângela vai ganhando cores. Depois das aflições, desespero, doenças e dificuldades financeiras por que ela passava, ao lado das filhas, a temporada das três na casa dos tios Adélia e Jeremias, em Grão Mogol, foi capaz de pacificar sua alma e de trazê-la para a vida real, com força e vontade de viver.

Como em toda boa narrativa, as últimas partes da trama são menores, e os acontecimentos são mais rápidos. Nos capítulos de 32 a 37, temos um segundo clímax da narrativa, agora focalizando, de três em três, o auge do encontro de Ângela consigo mesma e a bruta separação de Ulisses e Bárbara, sobretudo quando ele soube que a ida dela a Serra Dourada foi um acerto com Fausto para seduzir Ulisses, para o primo ficar com Ângela. Enfim, Ulisses fica rico com a exploração de uma mina, e acha que pode voltar a Serra Dourada "de cabeça erguida".

Nos capítulos 38 e 39, temos a resolução, com a chegada de Ulisses a Serra Dourada, passando primeiro pelo escritório de Fausto para pagar a sua antiga dívida com ele. O capítulo 39, de poucas linhas, consegue reunir o trio: enquanto ele se dirige ao seu antigo lar, Bárbara está batendo à porta de Ângela, para lhe devolver o vestido, única forma de ela conseguir alguma paz, segundo a vidente Narrimã.

O capítulo 40 é o desfecho: Bárbara entrega o vestido que Ângela lhe havia dado, quando chegou a Serra Dourada, e que recordava seu *"malfeito, de ofender dona casada, pisando no seu orgulho"*. Ângela fica lembrando como era linda e arrumada aquela que estava ali, agora pobre e desarrumada. Põe nos ombros dela um casaco que estava usando, e Bárbara se foi de mansinho, e, já na ponta da estrada, aparecia Ulisses, que subiu as escadas, foi entrando e dizendo: *"Mulher, põe mais um prato na mesa"*.

Ao que Ângela obedeceu, e, dali a pouco, estavam os quatro abraçados: os dois, mais as duas filhas.

Vocês veem, nessa nossa divisão da estrutura narrativa, nos concentramos nos episódios ligados ao triângulo amoroso. Não abordamos os detalhes da narração de Ângela, várias digressões, que deveriam funcionar para ela como forma de diminuir a emoção, reprimir o choro, aliviar tensões, suas ou das filhas.

Não tratamos, por exemplo, de tragédias como a morte de Seu Neco, adversário político e desafeto de Fausto, que o mandou matar; nem das "feitiços" e simpatias feitas, para o mal e para o bem, por religiosas praticantes, inclusive Ângela. Não falamos do padre Hildebrando, em abatimento total, por ter uma amante; não tratamos das tentativas de melhoria de vida nos garimpos, nem das boas ações de Bárbara, dando aula para as crianças, passando filmes para as pessoas em São José da Safira; nem do doutor Ramon, exilado espanhol, que conta do privilégio de conhecer o extraordinário poeta García Lorca, e que ficou amigo do casal nessa cidade, e depois cuidou de Bárbara, quando ela perdeu o amor de Ulisses; nem das lembranças, em momentos críticos, da mãe de Ângela, infiel ao marido, e que provocou suicídio dele; nem da morte de um dos guarda-costas de Fausto, executado por Ulisses; nem da amizade dele com o vice-governador, que lhe valeu o direito de explorar a mina que o deixou rico; nem da cena de carinho exacerbado entre Fausto e Ângela.

De tudo isso, vocês certamente vão poder tratar, em outras experiências que terão com a obra, com diversos professores da sua escola.

Mas gostaríamos de responder a algumas das muitas perguntas que vocês talvez se estejam fazendo, a respeito deste romance.

As primeiras talvez sejam acerca das atitudes da narradora: quantas mulheres no mundo teriam tido a coragem, ou a submissão, de fazer o que ela fez? Ela deveria contar para as filhas um caso tão doloroso e que, de algum modo, poderia diminuir pai e mãe aos olhos delas? E, cá para nós, como Ângela narrou, com riqueza de detalhes, a vida do marido com Bárbara, durante tantos anos? E, afinal, por que o vestido, tantos anos depois, num prego da parede?

Bem, talvez nem sejamos nós, professores de literatura, os indicados para essas respostas — se é que alguém as tem. Mas pensemos juntos.

O que não se pode é duvidar do amor que Ângela sentia pelo marido. E também parece unanimidade que o amor não tem limites, ou tem muito poucos. Para salvar o amor, até o amor-próprio desaparece. É o que dizem todos, quando se referem ao tal amor incondicional. (Por sinal, depois que "amor pegou", no dizer de Bárbara, ela não fez absurdos?)

E os limites de cada um... cada um é que sabe. Parece que essa questão é daquelas de foro íntimo: cada um tem seus princípios, inquestionáveis. Vejam o que acontece, ainda hoje, nos haréns: a cultura de muitos países os admite, e vá lá alguma das mulheres se insurgir contra essas normas. Sabe-se lá o que cada uma delas é obrigada a fazer, como se sente, nessas situações. É claro que não era essa situação de Ângela, e, mesmo imaginando muitas atenuantes (ou agravantes), vamos esbarrar na questão de valores, de visão da vida e de sentimentos pessoais — que podemos discutir, mas temos de respeitar.

Quanto a contar para as filhas, imaginemos que elas veem aquele vestido, no mesmo lugar, do mesmo jeitinho, há provavelmente 15 anos: no réveillon de 1950, quando tudo começou a desmoronar na vida da família, elas tinham 3 e 4 anos. A mãe não contaria esse caso, e com tantas cenas amorosas, antes de elas serem pelo menos adolescentes maduras, ou jovens. Se elas insistiam em saber, por outro lado, talvez a mãe precisasse, pela narração dos fatos, se livrar de um peso, se apaziguar. Não é o que acontece tantas vezes conosco?

Além disso, tanto tempo depois, o pai estava lá, de volta, e, ao que Ângela diz em certos momentos da narrativa, continua carinhoso com ela. Possivelmente, as filhas serão capazes de entender esse tempo como bem distante, e diferente agora, para todos.

E como Ângela sabia com tantos detalhes, às vezes degradantes, da vida de Ulisses e Bárbara, tão longe de Serra Dourada? Vocês se lembram: quando Bárbara devolveu para ela o vestido, entregou-lhe também um diário, por onde Ângela ficou sabendo de muita coisa. Mas ainda houve confissões do marido, além dos fuxicos tão comuns, sobretudo nas cidades pequenas.

Por último, fica a questão básica, tão importante que está no título: por que o vestido ali no prego, à vista, sempre, pelo menos para os quatro da família? Não vemos a explicação que vamos dar em nenhum estudo, mas, para nós, é a única que pode justificar sua presença ali: ele é um alerta para Ulisses, uma forma de lembrar que o tempo do desatino não pode voltar, alerta que ele, tão cioso do patriarcado, não admitiria, se não tivesse realmente dimensionado o mal que representaram o vestido e a dona de longe que o vestia. O vestido talvez seja para ela a certeza de que tudo valeu a pena: mesmo a um preço alto, é a vitória sobre tantas dores.

Outra questão que talvez tenha deixado vocês intrigados: por que todos os diálogos vêm apresentados sem a forma mais convencional, com sinais de pontuação, mudança de parágrafo, travessão, esses protocolos que vocês tão bem aprenderam e exercitam desde muito tempo?

Essa pergunta é crucial, se quisermos dar a Carlos Herculano Lopes os créditos de grande contador de histórias e fiel intérprete das situações narrativas. Expliquemos assim: o discurso direto é usado pelo narrador quando ele quer sair de cena e passar a palavra para as personagens. Desse modo, como numa peça de teatro, cada personagem é, de certo modo, dono de suas palavras, de seu tom, de seus gestos.

No caso de Ângela-narradora, ela está narrando sem poder (nem querer) contar com as personagens: ela procura se lembrar do que presenciou, ou do que leu, ou do que lhe contaram, mas não tem sentido, diante das filhas, fazer o que seria uma encenação, um teatro. A "verdade" de tudo está nessa forma emocionada, às vezes quase em atropelo, de como faz chegar às filhas uma dolorosa, mas, para ela, de alguma forma, redentora, parte de sua história.

Ah! Nas conversas com os professores, em torno da obra, lembrem-se de analisar os nomes das quatro figuras centrais desta história: Ângela, Bárbara, Ulisses e Fausto. Eles não podem ter sido escolhidos por acaso...

Esperamos que esses aspectos iniciais do romance tenham mostrado alguns dos muitos caminhos que podemos percorrer, na segunda visita a esta história e que ela seja, sempre, uma fonte de prazer e de novos e agradáveis desafios para todos.